レジェンドノベルス
LEGEND NOVELS

異世界ダイナー 1

侵略のセントラルキッチン

contents

レジェンドノベルス
LEGEND NOVELS

異世界ダイナー 1

侵略のセントラルキッチン

1

君が普段どんなものを食べているのか、教えてくれないかい？

君がどんな人間か、当ててみせるから。


牛肉の塊を薄切りにする。そうしたら、それを細切りにして、さらに細かく刻んでいく。包丁を二本使って、まな板を叩《たた》き、細切れに。

続いて、魔冷庫《フリーザー》から豚肉を取り出す。こちらも同様に細切れにする。

それらをボウルの中で、塩コショウ、きざみタマネギ、卵とつなぎのパン粉を入れて、捏《こ》ねあげる。完全なミンチ肉ではないから、きれいにはまとまらないけれど、粗みじんにした野趣あふれるパティ——ハンバーグも、悪くはない。

かまどの横に貼り付けられた炎術符を撫《な》でると、かまどに火が灯《とも》る。

かまどの上に空いた穴から、ちろちろと赤い炎の舌先がのぞいている——うん、いい感じ。

鉄製の真っ黒なフライパンをかまどに載せて、植物から搾った油を引く。

ややあって、油が熱を持ったと判断したら、パティを焼く。

じううううう、と音が響く。ぱちぱちと油が爆《は》ぜて、香りが溢《あふ》れ出す。

肉の焼ける香りというのは、冒瀆《ぼうとく》的で暴力的だ。

肉を焼くという行為は根源的に生命への冒瀆であり、同時に、根本的に食欲への挑戦状でもある。

ふつふつと赤い上面が騒ぎ出したら、上下を逆さにして黙らせる。姿を見せるのはこんがりと焼けた下面。

さて、肉を返したら今度はパンだ。パン屋のジェビィ氏に頼んで作ってもらった、ふっくらした白いパン。

天使の耳たぶなんて大仰な呼び名を、ジェビィ氏はこの白いパンにつけた。

僕は――その天使を上下に分かつ。

すっぱりと、きれいに二分割。さらにそれをかまどの火であぶる。天使を分断し、さらに火あぶりの刑。なんという背徳。そうとも。

「――すなわち料理とは背徳の享楽なり……！」

「マスター！　意味わかんないこと言ってないではやくして！」

ウェイトレスに怒られた。僕マスターなのに。

癖の強い赤毛とそばかすがかわいらしい彼女は、ぷりぷりと怒りながらせわしなくテーブルのあいだを駆け回っている。

どうやら僕に自己陶酔する時間さえも与えてくれないらしい。

けれど、それは悪いことではない。

それくらい、僕の店――カフェ・カリムが繁盛しているということなのだから。

「今すぐ仕上げるよ、プリム」

「あとまかないくださいい！」

「それはピークが過ぎてからにしようね」

さあ、仕上げだ。

パンにフレッシュなレタスとスライストマト、そして渾身《こんしん》のハンバーグをはさみ込む。

――ハンバーガー。

地球世界でもっともポピュラーな料理といっても過言ではないそれを――。

「お待たせしました！　カリム・バーガーです！」

――僕はいま、生まれ変わってこの異世界で作っています。


剣と魔法の世界に生まれ変わった僕だったけれど、剣や魔法の才能があったわけではない。

人並みの身体《からだ》。人並みの魔力。

そんなもので立身出世できるほどこの世界は甘くはなくて、では前世の知識を活《い》かしてなにかしようと思い、はじめたのがこのお店――カフェ・カリム。

昼の営業時間も過ぎて、ふぅ、と一息。

夜の営業は十八時からなので、三時間ほど余裕がある。

「マスター！　まかない！」

と、プリムがカウンター席で叫ぶ。マスターはまかないじゃありません。

けれど、彼女がいてくれるから、このお店はなんとかやっていけているのだ。

ふたり分の余ったパティを焼き始めると、プリムは目をキラキラさせながらカウンターの向こうからのぞき込んでくる。

燃え盛る炎のような髪と、その利発さで忘れてしまいそうになるけれど、彼女はまだ十六歳。

この世界では、もう十分大人として扱われてしかるべき年齢ではあるけれど、いろいろなことに興味を持つ好奇心の強さは、子供らしい。

「はやくっ、はやくっ」

あと食い意地の強さも子供っぽい。

「生焼けだと身体を壊しちゃうだろ。焦らず慎重にやることも必要だよ、プリム」

「でもでも、おなか空いたんだもん」

ぷぅ、とほほを膨らませる。だもん、って。

雇った当初は痩せぎすでとげとげしかったのに、この一年でずいぶんと輪郭も心も丸くなったようだ。特に胸とかめっちゃ丸い。成長期ってすごい。

まあ、もともと栄養失調ぎみだったこともあるのだろうけれど……。

そんなふうに懐かしんでいると、

「……マスター、その、どこ見てるのさ」

「……え？　あ、ご、ごめん……！」

プリムはほほを髪色と同じくらい赤くしながら、ぎゅっと身体を抱きしめた。

「ま、まあ、マスターなら……いいけどよ……」

「？　なにか言った？」

「べ、別になにも！　それよりはやくまかない食べよっ！」

そうだった。あぶったパンに野菜とハンバーグを手早くはさんで、皿に載せる。

今日の日替わり昼メニューをハンバーガーにしたのは、パン屋のジェビィ氏たっての希望だ。

いわく、「マリウス・カリムの店で白いパンが出れば、仕入れ先であるわしの店も大繁盛間違いなしじゃからな！」とのこと。

商魂たくましいジイさんだと思ったけれど、それくらいカフェ・カリムのことを信用してもらっているということでもある。

実際、僕の店には、たまに貴族円街からお忍びで貴族が来るくらいなのだ。

「――と、そうだ。プリム、もうそろそろジェビィ氏が経過を見に来ると思うから、お茶の準備を」

「まふ？　まふっふ？」

「うん。そうだね。なにを言っているのかはまったくもってこれっぽっちもわからないけれど、食べてからでいいよ」

「まふ！」

口いっぱいにハンバーガーをほおばるプリムを見ていると、僕はついつい笑ってしまう。

彼女は幸せそうにものを食べる。彼女だけでなく、僕の料理で少しでも笑顔になってくれるお客さんがいると、僕も嬉《うれ》しくなる。

それだけでいい。僕みたいな、前世の記憶があるだけの人並みな男には、これくらいの幸せがちょうどいい。

けれど、少しだけ高望みするものがあるとすれば、刺激的なスパイスだ。二十歳にしてつかんだ平凡で人並みな生活だけれど、たまにはピリッとしたイベントが欲しくなる。

だから――。

「――カリム！　助けてくれぇー！」

「ジェビィさん⁉　どうしたんですか⁉」

――白髪のおじいさん、ジェビィ氏が血相を変えて飛び込んできたとき、不謹慎ながら、僕はすごく期待した。

ああ、きっとこれはスパイスだぞ、と。とっても刺激的なイベントが始まるぞ、と。

しかし、それは刺激的なスパイスなどではなかったと――そのときの僕は、早く気づくべきだったのだ。

スパイスは使いようによってはすばらしい調味料であり、同時に優れた薬効を持つ薬であるけれど――過ぎればもはや毒なのだと。

連れてこられた先は、行列だった。老いも若きも押し合いへし合い、こぞって列に並んでいる。

ジェビィ氏のパン屋の前、空き地だったはずのその場所に、突如出現した一軒の店。

堂々と掲げられた大きな看板には、【ノックアウトバーガー】の文字――そして、大きな〝K〟を象《かたど》った赤と黄色で派手に色付けされた看板。

どこからどう見ても〝K〟だ――この世界には存在しない文字である、アルファベットの十一番め。

「……な、」

なんだコレ！　という言葉は、続かなかった。続けるよりも先に、声がかけられたから。

たおやかで、おしとやかで、どこかのんびりとしていて、そのくせ裏になにかあるんじゃないかと――そう勘ぐってしまうほど、ハチミツみたいに甘ったるい声。

「あら、これはこれは――ジェビィ・エル様ではありませんの。挨拶したいと思っておりましたのよ」

ノックアウトバーガーの看板を掲げた店から出てきたのは、シンプルな、けれど見ただけで高価だとわかるドレスを着た、ひとりの女性。

長い髪は白と銀がまだらに混じった不安定な色をしていて、病的な白さの肌から感じる不健康さとはちぐはぐな胸と尻の丸みを持っていて、まるで——この世のものではないかのような、ひどく異質な印象を受ける。

しかし、それでもその女は美しかった。異質で、不安を感じさせるくせに、美しかった。

「わたくしがこの店のオーナー、レイチェル・タイムと申します。このたび、ビジネスの一環としてノックアウトバーガーの経営を始めましたの。同じ街に店を構えるもの同士——」

にこっと笑う。美しい笑顔。美しすぎて——作りものだと、即座にわかってしまうほどに。

「——仲良くしましょうね？」

その瞬間、思った。

こいつとは、絶対に、一生かけても仲良くできはしないんだろうな、と。

そして、彼女はジェビィ氏の後ろに立つ僕を目ざとく見つけて、

「あら、あらあらあら。これはこれは——カフェ・カリムのマリウス様ではなくて？」

なんて、目を丸くして言い出したのだ。

「どうしてこんなところに？　あなたのお店は、商人円街の反対側——南側だったと記憶しておりますけれど」

その通り。ドーナツ型をしているこの商人円街で、僕の店はちょうど、このノックアウトバーガ

ーとは対極の位置にある。

「ええ。そうです。南側の内輪寄りですね。レイチェル様──傭兵女王《ようへい》が爵位を得たとは聞いておりましたが、まさか料理までお出来になるとは」

「あらやだ、傭兵女王だなんて。はしたないときもあったというだけのお話です。いまのわたくしは、爵位をお金で買った成金《なりきん》貴族に過ぎませんのよ」

──知名度、という点ならば。このレイチェル・タイムに並ぶものも、そうはいないだろう。

成り上がりの代名詞。貧民円街の孤児の生まれで、十歳のころから各地の戦場を渡り歩き、いずれの戦《いくさ》でも将軍首以上の戦果を挙げて生還した女傑。

その後、多くの人脈と見事な判断力で傭兵ギルドをまとめ上げ、転戦に次ぐ転戦を経て、莫大《ばくだい》な利益を稼ぎ出した才女。

ついたあだ名が斑髪《まだらがみ》の傭兵女王──戦のしすぎで髪色が抜けたという、稀代《きたい》の怪物。

「それに、わたくしが行うのは料理ではありません。ビジネスですの。マリウス様のようにお料理を作ることはとてもとても……」

「……レイチェル様こそ、どうして僕のような場末の料理人の名を?」

うふふ、とレイチェルは笑った。

「場末だなんて、ご謙遜《けんそん》が過ぎますわよ、マリウス様。カフェ・カリムといえば商人円街で一番の料理店と評判ですし、貴族の中にもお忍びで通うかたがおられるほどですもの。それで──どうして、ここにいらっしゃるのですか？」

またしても、どうしてここにいるのか、という問い。それはまるで――。

「――まるで、マスターがここにいてはいけないみたいな言い方ね」

「プリム！　レイチェル様はお貴族様だぞ……！」

「マスターは黙ってて！　美女の前で鼻の下伸ばしやがってクソが！　おっぱい大きけりゃだれでもいいのか、このおっぱい魔人！」

わりと関係ない罵声が入った気がする。いや好きだけれど。好きだけれども。それいま言わなくてよくない？

「で、あんた。おっぱ――マスターがいると、なにか困ることでもあるの？」

「そんな言い間違いがあるか」

ずい、とプリムが前に出て、聞いた。僕のツッコミは無視された。

レイチェル・タイムはそんなプリムを見て、微笑《ほほえ》んだ。

「ええ。だって、わたくし、カフェ・カリムと競合したくなくて、わざわざ北側にお店を建てたのですもの」

「……なんだ。つまり、おっぱい魔――マスターの料理には勝てないから、逃げたってこと？　へえ、お貴族様のくせして、見る目あるじゃない――」

「いいえ。それは違いますわ」

笑顔を崩さず、レイチェル・タイムは言い切った。

「わたくしのノックアウトバーガーのせいで、カフェ・カリムという非常に優れたお店が潰れてしまうのは、もったいないと――そう思っただけですの」

「……ハァ？　なに、あんた。喧嘩《けんか》売ってんの？　おっぱい魔スターより美味《おい》しいものが出せるって、そう言ってんの？」

言い間違いじゃなくて故意だな？　そうなんだな？

あと背後でジェビィ氏が「つまりわしの店はもったいなくない……？」と震えているけれど、大丈夫かコレ。

「それも、いいえ、ですわね。商人円街のノックアウトバーガーでは、おっぱ――失礼、マリウス様のお料理より美味しいものを出す予定はありませんの」

これは故意ではないと信じたい。

プリムは首をかしげて、僕のほうを見て、両手で「やれやれ」のジェスチャーをした。そして、

「……あんた、もしかしておバカ？」

「プリム、相手はお貴族様だって……！」

「でも、そうじゃん！　マスターの料理より美味しくなきゃ、追い込めないでしょ！　ふつう、美味しいお店に行くじゃん！」

そう。プリムの態度はいただけないけれど、ふつうはそうなのだ。

料理屋は、美味しいほうが人気になる。そのはずだ。カフェ・カリムは日替わりメニューと紅茶とお酒しか出さない、料理屋というにも中途半端なお店だけれど、それでも受け入れられたのは――地球世界の知識に基づく料理が美味しいからだ。

ほかにもいろいろ要因はあるだろうけれど、基本は美味しいほうの店が残る――はずだ。

なのに、レイチェル・タイムは笑顔を張り付けたまま、ハチミツのような声で続けた。「それはどうでしょうか。たしかに、料理人としての土俵で勝負すれば、わたくしはマリウス様には勝てないでしょうけれど――先ほど申しました通り、わたくしが行うのはビジネスですもの」

それも、とレイチェル・タイムは続けた。「まだだれも見たことのないビジネスですのよ。――この世界では」

この世界では。その言葉は、僕のほうを見て、告げられた。

まるで――わかっているぞ、と言うかのように。

そうだ。間違いない。

――この女は。

僕と同じ、転生者だ。

僕が思わず身構えたそのとき、「なんですか、騒々しい」と言いながら、ひとりの少年――少女？　が、ノックアウトバーガーから出てきた。

金髪のボブカットで、背が低くて、服装こそ男性のものだけれど、声は少女のように高くて、顔は繊細な砂糖菓子のようにかわいらしい。

その少年か少女かよくわからない生物に、レイチェル・タイムは嬉しそうな――おそらく、今までの作りものではない、本当の笑顔で応じた。

「ちょうどよかったわ、ウィステリア。あなた、こちらの殿方がどなたかご存じ？」

少年は、少し不機嫌そうに僕のほうを見て、ややあって、目を丸くした。

「……マリウス・カリム殿？　どうしてここに？」

「またその質問かよ……」

そんなに僕がここにいちゃダメなのか、と問いただしたくなってくる。

「僕がここにいるのは、ジェビィさんの店がピンチだって聞いたからです。で、あなたは？」

「あ……申し訳ありません。失礼いたしました、私としたことが……」

ぴしり、と、その少年――もう少年ってことにしておこう、少年には少女という意味も含まれているし――は、きびすをそろえて一礼した。

「お初にお目にかかります。私は、レイチェル・タイムお嬢様の従者をしております、ウィステリア・ダブルと申します」

「あ、これはご丁寧にどうも。僕はカフェ・カリムのマスター、マリウス・カリムです」

「ウィステリア、あなた、業務中はわたくしのことを社長と呼ぶようにと言ったはずですわよ？」

「お嬢――あー、社長こそ、客人と路上で派手に言葉を交わすとはなにごとですか。冒険者の流儀、抜けていないのではありませんか？」

レイチェル・タイムはあらぬほうを向いて口笛を吹き始めた。それでいいのか。ていうかよく見ると別に口笛吹けてないし……。

こほん、とウィステリア・ダブルがわざとらしく咳《せき》をして、僕らを注目させる。

「重ね重ね、失礼いたしました。マリウス・カリム殿に、プリム殿、そして商人円街一番のパン職人、ジェビィ・エル殿。今さらではありますが、どうぞ店内へ。ご挨拶にお詫《わ》びを兼ねて、お茶をご馳走《ちそう》いたします」

「ハッ」

プリムが唾を地面に吐き捨てた。やめなさい、はしたない。

「いいか、チビ。男か女か知らねえけど、この場所じゃ、そのおっぱいの大きいやつに発言権はねえんだよ……！」

「プリム、プリム。そういうルールはどこの世界にもないよ……！」

一方、チビと言われたウィステリアくんは、にこにこと面白そうに笑いながら、

「お茶請けもありますよ。貴族円街で評判の菓子職人が作った、砂糖菓子なんですけれど」

と言った。それに対しても、プリムは「ハッ」と唾を吐き捨てて、

「ご馳走になります……！　ご丁寧にどうもありがとうございます……！」

「プリム、プリム。すごみながら食欲に釣られるんじゃないよ……！」

けれど、まあ、そんなこんなでなし崩し的に僕らは店内に入ることになった。

入口正面に備え付けられたカウンターと、その奥にある広いキッチンスペース。大型の魔冷庫《フリーザー》と巨大な鉄板。

カウンター席。テーブル席。やたらと座りにくそうな円形の椅子が床に据え付けられている。

内装は木製が基本となっているけれど、それ以外は驚くほど地球世界のハンバーガーチェーン店にそっくりな作りだ。

そして――その混雑具合も、都会のハンバーガーチェーンそっくりだった。

案内された先は、キッチンを抜けた先にある階段を上がって、二階にある一部屋。かけられたプレートには【店長室】と刻んである。

「では、私はお茶を淹《い》れてきますので、社長は一度冷静になって話をしてください」

「わかりましたわよ、もう……」

ソファに座り、テーブルをはさんで、僕らは向かい合う。

レイチェル・タイムはまた例の気味の悪い作り笑いを浮かべて、「さて」と言った。

「少し、取り乱してしまいましたわね。シンプルに行きましょう。とはいえ、わたくしが問いたいことはすでにお聞きしましたので、こちらからはなにもありませんけれど」

「ああ？　なんだテメェ、あたしらをさんざん焚《た》き付けておいて、そっちからはなにもねぇとはいい度胸じゃねえか」

「プリム、ここで騒ぐとお菓子が来なくなるよ」

「いい度胸というのは褒め言葉です。おわかりとは存じますが、念のため注釈しておきますね」

この腹ペコ少女（の頭）がときたま心配になる。大丈夫だろうか。大丈夫じゃないか。じゃあ諦めよう。

諦めのいい僕は、隣に座っている腹ペコ少女と震える老爺《ろうや》は役に立たないと判断し、

「――で、問いたいことはすでに聞いたって、どういうことです？」

と、聞いた。貴族はやはり作りもののような笑顔で、応える。

「わたくしがお聞きしたかったのは、わたくしどもノックアウトバーガーが避けたはずのマリウス様が、どうしてここにいるのか、という点です。お友達であるジェビィ・エル様に請われてここに来たと、さっき言っておられたでしょう？」

たしかに言った気がする。

「ジェビィ様の交友関係までしっかりと調べなかった担当者のミスですわね。マリウス様とは、もう少しあとにお会いする予定でしたもの」

「もう少しあと？　それはなぜです？」

「すべてが手遅れになってからのほうが、交渉がうまくいくからですわ」

「手遅れ？　交渉？　いったいどういう――」

「さて、どういう意味かは――秘密ということで。ただ、そう――重ね重ね申し上げますけれど、

此度《こたび》の出店はあくまでビジネスですの」

また、その単語を口にした。ビジネス。いやな響きの言葉。

「だれかの店を潰したいだとか、そういう目的は一切ございませんの。けれど、ノックアウトバーガーというお店ができたことによって、周囲の環境が変化してしまうことも、当然あってしかるべきことでしょう？」

なにを言っているのだろう。不思議に思って首をかしげていると、横で震えていた老爺がようやく口を開いた。

「白パンじゃ……！」

その言葉に、プリムが顔をしかめて、「下ネタ……？」と聞いてきた。無視した。

「この店は、よりにもよって白パンを使った料理を出すのじゃ！　わしの店の目の前で、じゃぞ！」

「……それは穏やかじゃないね」

ジェビィ氏は、商人円街で唯一『酵母を使った白くて柔らかいパンを焼きあげてもよい』とパン職人ギルドに認可された、腕利きのパン職人なのである。硬くてすっぱい黒パンではなく、白パンを焼き、売ってよい職人の数は、帝都で十人もいない。

つまり――もしも、このノックアウトバーガーなる店がジェビィ氏からパンを買わずに白いパンを使った料理を出せば、パン職人ギルドの敷いたルールを完全に無視することになる。

「……貴族だからって、ギルド協定を無視すると、裁かれますよ」

「認可に関しては、わたくしどももきちんといただいておりますので、ご心配なさらず」

「嘘《うそ》をつけ！　ギルマスがこのような店を認可するわけがないじゃろう！」

「ええ。パン職人ギルドからは、認可されておりませんわ。けれど――」

と、そこで、扉が開いて、カートを押したウィステリアくんが戻ってきた。てきぱきと琥珀《こはく》色の紅茶を配膳して、個々人ごとにそれぞれ小さなミルクピッチャーとシュガーポット、小さな砂糖菓子の載った皿を並べて、さらに、

「社長、これ、おそらく必要だと思ったので持ってきました」

「あら。察しがいいですわね。ありがとう、ウィステリア」

「いえ、これも務めですので」

一枚の丸めた羊皮紙を、レイチェル・タイムに手渡した。

その羊皮紙の紐《ひも》を解いて、彼女は僕らのほうへ向ける。

めまいがするくらい荘厳で格式ばった文体の、内容だけなら一行で済むのにわざわざ羊皮紙五十センチメートル分もの長さを使って書かれたそれは、たしかに認可だった。

『この者と経営するノックアウトバーガーに、商人系ギルドと同等の権利を与える』――言ってしまえば、それだけの中身。

そして最後に、認可したものの名前と真っ赤な印章。

「……帝都財務大臣シルヴィア・アントワーヌ⁉　そんな……財務大臣はわしらの商売を終わらせる気か⁉」

「偽物なんじゃねえの？」

プリムは紅茶をぐびぐび飲み干して、そんなことを言った。喉を鳴らして紅茶を飲むな。

しかし——僕には、わかる。

羽ばたく鷹《たか》は気高く強く、咥《くわ》えたバラは気品を示し、囲う茨は規律と束縛。

そのデザインは、まぎれもなく——。

「——本物だよ、プリム。これは、本物のアントワーヌ家の印章だ」

「あ、そうなんだ。マスターは物知りだな！」

「……まあね」

本物に間違いないからこそ、問題なのだ。

ギルドを通さない商売を行うとなれば、もはやこれはパン職人ギルドやジェビィ氏だけの問題ではない。

商人円街のみならず、帝都全体の商売にかかわる大問題と言っていい。

紅茶を飲み干したプリムは、砂糖菓子を一口でほおばって、ミルクピッチャーに入ったミルクを飲んでいる。やめろ。

ジェビィ氏は「もうだめじゃ……おしまいじゃ……助けてギルドマスター……」と震えている。

しっかりしろ。

そして、僕は――考える。

帝都財務大臣シルヴィア・アントワーヌの印章が捺《お》されている以上、僕らになにかができるわけもない。

紅茶に手を伸ばして、一口飲む。温かく、落ち着く味だ。

「……お騒がせしました、レイチェル様。僕らはこれでお暇《いとま》させていただきます」

「あら、そうですの。わたくしもそろそろ、人と会う時間でしたし、いい頃合いですわね」

「ですが」

と、僕は砂糖菓子を頂きながら、一言だけ付け加えておいた。

「この商人円街は、あなたの戦場《いくさば》ではなく、僕らの街です。そのことを、どうかお忘れなきよう――お願いします」

「そうだそうだ！　忘れんなよ、貴族サマ！　ここはあたしらの街だからな！」

プリムがシュガーポットの角砂糖をポケットに移送しながら、僕の言葉に追従した。おまえあとで説教な。

僕らは大繁盛する店の入口――ではなく、裏口から外に出た。表はあまりにも混雑しすぎていて、出るだけで時間がかかるだろう、とウィステリア・ダブルくんに配慮されたのだ。思いやりが行き届いていていやになる。

裏通り。商人円街と貧民円街の境目にあたる場所だ。そこを歩きながら、このノックアウトバーガーという店が、そして、あのレイチェル・タイムという女が、いったいなにを目的としているのかを考えていると、

「――げ」

プリムが、角砂糖を舐《な》めながら、そんなうめき声をあげた。

なんだろう、と思案をやめて前を見ると、見知った少年がいる。ぼさぼさの金髪に、薄汚れた服装。アクセサリー代わりに全身にジャラジャラ巻きつけた鎖。

そいつは、にやにや笑いながら近づいてきて、言った。

「ヨーホー！　プリム、こんなところにいるなんて、オレッチが恋しくなったかヨ？」

「ハーマン……あんたこそ、まだこんなところで燻《くすぶ》ってんの？」

「〝エッジ〟だ、プリム。〝エッジ〟のハーマン……それがオレッチのクールな名前だゼ」

普通にダサい。

そんなことを考えていると、ハーマンは僕を思い切りにらみつけながら、顔を近づけてきた。

「で、テメェ。なァんでここにいるんだヨ、マリウス・カリム……テメェみたいなナヨナヨしたヤローが来るところじゃネェんだゼ」

「所用でね。すぐ出ていくから、気にしないで」

「ハッ、ビビりやがって……なぁオイ、プリム。こんなヤローより、オレッチのところに戻ってこ

いヨ。オマエはオレッチにこそふさわしい女だゼ」

「そんで、昔みたいにあんたとバカやるっての？　イヤに決まってるでしょ、ハーマン。あたしはね、もう、カフェ・カリムの正式な従業員なの。昔とは違うのよ」

「昔とは違う、ネェ……」

ハーマンは意味ありげに笑った。

「それはオレッチも同じだゼ、プリム。いまに見とけヨ。オレッチももう、昔みたいにバカやってるだけの男じゃネェってこと、すぐにわからせてやるからヨ！」

「はいはい、せいぜい偉そうなこと言ってなさいよ」

「じゃ、オレッチは用事あるから、もう行くぜ。——またナ」

ジャラジャラと音を立てながら、ハーマンは歩いていった。

いつも元気だなあ、あの男は……なんて考えていると、僕の服の袖をプリムがちょいちょいと引いた。

「マスター、勘違いしないでね。あいつとは昔一緒にバカやってたけど、そういう関係じゃないから」

「……うん？　そういう関係って、どういう関係？」

「あ、いや。わかんないならいいよ。——いやわかれよ。鈍感すぎでしょ」

「なんで僕怒られてるの」

理不尽を感じていると、ジェビィ氏が、

「プリムちゃんも大変じゃのう。そういうときは白パンじゃ。男子は白パンに弱い。白パンで清純さをアピールするのじゃ」

「ぶっ殺すぞテメェジジイ」

「ほっほっほ。じゃがカリムも好きじゃろ？　白パン」

うん？　まあ、白いパンは好きだ。

「好きだよ。中身がもっちりしていて、噛《か》んだときにしっかり弾力を感じるぐらいがいいよね」

「噛ん……ッ⁉　マスターのエッチ！　ヘンタイ！」

「なんで⁉」

プリムは怒るし、ジェビィ氏はゲラゲラ笑っているし、さんざんな帰路だった。

その夜のことである。

「おかしな話だぜ、まったくよお！」

と、かっぷくのいいひげ面の男がエールの杯をテーブルに叩きつけた。

「あの店のハンバーガー、見たか⁉　肉が入ってやがるんだぜ？　おれらに一言の断りもなく、だ！　帝都で肉を扱うなら、食肉ギルドを通す――これがルールだ、そうだろ、トーア」

「そうですな」

陰鬱そうなひょろ長い男が、静かに杯を乾《ほ》しながら同調した。

「わたしら野菜ギルドも、認可はしておりません。現状、さほどの量の野菜を使っている様子はありませんが……ソースには、トマトを使っているらしくてですな。いや、不思議ですな、トマトは野菜ギルドが全面的に流通を押さえているという自負があったのですが」

「そうなんだ、そうなんだよ。肉も、おれらは一切卸してねえのに、やつらバカみてえに魔冷庫《フリーザー》の中に詰め込んでやがる。あれだけ細かく肉を刻んで成形するなんて、並の肉屋の技術じゃねえぞ」

「そのお店、お酒は売ってないんでしょ？　……まあでも、いつ売り始めるかもわかんないし、明日は我が身かもしれないし、難しいわよねぇ」

うーん、と背の低い少女が腕を組んで考えている——しかし、その少女に見える人物は、この場にいるだれよりも酒が進んでいた。

「今日、わしの店で売れた白パンの数を聞きたいか？　はは、聞いてくれ、笑えるからのう……」

そして、まったく笑えないことを死んだ顔で呟《つぶや》くジイさん。

営業終了間近な夜のカフェ・カリムには、ちらほらとお客が残っていたけれど、その中でもこの四人。帝都商人円街の顔役ともいえる実力者たち。

食肉ギルドの長、肉屋のテック。

野菜ギルドの長、野菜売りのトーア。

酒造ギルドの長の妻、〝エール樽《だる》〟のコロン。

パン職人ギルドの最高幹部、ジェビィ・エル。

彼らはカフェ・カリムの常連で、よくこの店で会議――のような騒がしい集会を開いていた。とにかくよく飲み、よく食う人たちだけれど、今日は勢いが弱い。なぜか、なんて考えるまでもない。ノックアウトバーガーのせいだ。

「財務大臣はあの傭兵女王に裏金でももらったんじゃねえのか？」

「〝鋼の法〟のシルヴィア・アントワーヌが裏金など、ありえますかな」

「いやー、ありえない話じゃないわよ？　しょせんは人間、しょせんは貴族。後ろめたいことのひとつやふたつ、あるものよ」

「……コロン嬢はなにか知っておるようじゃな」

「知らない？　アントワーヌ家は娘がひとりいるだけってことになっているんだけれど、本当はいないことにされた長男がいる――って噂話《うわさばなし》」

「いないことにされた？　はー、貴族サマってのは怖いもんだな、おい」

「まったくですな。――プリム君、もう一杯エールを」

「あ、あたしもおかわりー」

はいよー、と応じるプリムを横目に、僕は骨付きの豚肉をフライパンに並べて焼いていく。

味付けは大量のショウガとコショウを効かせた、濃い味のジンジャーソース。エールによく合うガツンとしたツマミであると、この集まりではよく注文されるので、材料は常備してある。

少しショウガの香りが強すぎじゃないか、と思うくらいがちょうどいい。

その香りにやられたのか、カウンターに座るひとりの老人が手を挙げた。

「私にも、それと同じものをもらえんかね？」

「あ、はい。承りました、サニーさん」

「……やはり、商人円街は大変そうだね」

「……ええ」

老人――サニー・ジョンソン・ジョン。僕の店をひいきにしてくれる、正真正銘の貴族。よく話題に上がる、お忍びで通う貴族とは彼のことだ。界隈《かいわい》では食道楽として有名らしい。どこの界隈かは知らないけれど。

「貴族円街でも話題だよ、あの店は。貧民円街、商人円街、貴族円街。それぞれに一店舗ずつ出店したってだけで驚きなのに、そのどれもが大きな反響を呼んでいる」

「……貴族円街のほうでも売り上げが好調だというのは、驚きました」

高級志向の貴族たちに受け入れられているとは考えづらいのだけれど。

そう思っていると、サニーさんが苦笑した。

「貴族円街といえど、貴族しかいないわけではないからね。貴族円街に出入りする、従者や業者、商人が主な客層だそうだ。物好きな貴族も、テイクアウトで食べてみたそうだがね」

物好きな貴族――とぼやかしてはいるけれど、十中八九、サニーさんのことだろう。この人ほど物好きな貴族もいない。わざわざ商人円街に降りてきて、この店に通うのだから。

「……どうでした？」

「普通だったよ。格別に美味しいというわけでも、食えないほどまずいというわけでもない。もっと味のいい料理屋はたくさんある。カリム君は食べたのかい？」

「いえ、僕はまだ」

でも、近いうちに食べることになりそうだ。

カウンターに突っ伏して酔いつぶれている、また別の客——傍らにしわくちゃになった三角帽を置いたおさげの女性を眺めて、そう思う。

彼女は〝凍らせ屋《アイスマン》〟のトリオデ。魔女だ。

「聞いてよ、マスター君」

と、酔いつぶれる前に、彼女は愚痴った。

「〝凍らせ屋《アイスマン》〟が三人もギルドをやめちゃったのよぅ。もっといい仕事が見つかったから、って。ギルドを通さず、貴族サマお抱えの魔法使いになるんやって……」

「ギルドっていうと、魔法使いギルドですか？」

「そう。それも腕利きの魔法使いじゃなくて、ただの〝凍らせ屋《アイスマン》〟が、やよ。冒険者ドロップアウト組の、一日一回魔冷庫《フリーザー》に魔法をかけなおすくらいしかできないやつらが」

「トリオデさん、ちょっとその言い方は」

「でも、そうなんよぅ」

真ん丸な眼鏡の奥で、瞳をぐじゅぐじゅに潤ませながら――泣き上戸なのだ――トリオデさんは唇を尖《とが》らせた。

「あの、ノックアウトバーガーって店。〝斑髪〟の専属になって、あの店のバカでかい魔冷庫《フリーザー》を維持する仕事なんやって……。日当もええし、ギルドに報酬の一割納めなくてもいいし、気が楽やー、って！　ずるい！」

「……あの」

「ウチにはそんな話いっこも来とらんのに！　ウチのほうが腕いいんよ⁉」

やけ酒の理由はそれか。

たぶん、運悪くノックアウトバーガーの仕事に縁がなかっただけなのだろうけれど、トリオデさんは自分が認められなかったような気がして、気が立っているのだろう。

どれだけ心の広い人でも、こうして発散する場というのは必要だろう。普段のトリオデさんは、おおらかで優しく、おっとりした大人の女性なのだ。

「うう……にくい、にくい。ウチよりお金をもらっているすべての人間がにくい……！」

前言撤回。心が狭いよトリオデさん。

「マスター君、おさけ！　甘いの！」

「はいはい……」

で、そんなふうにハイペースだったから、酔いつぶれてしまったのだ。以上、回想終わり。

サニーさんにジンジャーポークを出して、トリオデさんに毛布を掛ける。もうじき起きるだろう。プリムは顔役四人の相手を楽しそうにこなしている。その四人の酒盛りはといえば、まるで終わりそうな気配がない。

サニー・ジョンソン・ジョンは、一緒に出したナイフとフォークを使わず、豪快に骨付きポークにかじりついて、満足げな表情でうなずいているし、トリオデさんはむにゃむにゃと寝言を呟いている。

広くはないし、設備もよいとは言いがたい。でも、ここが僕の店で、彼らが僕の客だ。

レイチェル・タイムがなにを目的としているのか、僕にはわからない。

しかし、目的がどうであれ、彼女が振るう剛腕は、ギルドによって守られているこの街の商売の仕組みを崩壊させるだろう。

そうなれば、きっと、この光景は失われてしまう。

それに、個人的に放っておけない点もある。

「シルヴィア・アントワーヌ、か……」

彼女の存在。〝鋼の法〟のシルヴィアがかかわっていて、彼女もこの街の破壊に協力するつもりだというのならば。

僕はどうするべきだろうか。

僕の悩みを抱えつつ、カフェ・カリムは本日の営業終了時間を迎えた。酔っ払いどもは千鳥足で

帰路につき、完全に酔いつぶれて千鳥足どころではない（タコだってもう少ししゃっきり歩ける）トリオデさんは、

「帰り道一緒だし、あたしと一緒なら安心でしょ」

「いや、プリム。きみも女の子なんだから、むしろ不安なんだけど……」

「大丈夫だよ、マスター。これでも貧民円街でアタマ張ってたんだから。わざわざあたしを襲いに来るやつなんていないって」

「……まあ、そう言うなら」

と、プリムが送っていった。

営業中の立て看板を店内に引き入れて、満天の星を見上げる。ここは星がきれいだ。

営業終了後に、なんとなく空を見上げることが、僕のささやかな楽しみだった。

「きれいですわよね、この世界の空は」

——突然、そんなふうに横合いから声をかけられた。ハチミツのように甘い声。

驚いてそちらを見ると、いつのまにか、レイチェル・タイムが僕の隣で星を見上げていた。

「東京ではこんなふうに星を見ることはありませんでしたの。空気の澄み具合が違うのでしょうね」

「……なにをしに来たんですか」

警戒する僕に、彼女は笑った。

「ご挨拶ですわね。ルーツを同じくする者同士、話すことがあるかと思ったのですけれど」

「……話すこと、か」

地球の話とか、するべきだろうか。

それとも、〝傭兵女王〟の刺激的な半生を聞いてみるのもいいかもしれない。

でも、そのとき、僕の口から漏れ出た質問は、まったく違うものだった。

「レイチェル・タイム様。あなたは、この世界でなにをするつもりですか」

「あら。決まっているでしょう、そんなこと」

彼女は両腕を広げ、舞台劇のようなわざとらしい仕草で一回転した。

「剣と魔法の世界に生まれ変わったら、なにを目指すか――。マリウス様は夢想されたことがありませんでしたの?」

「…………」

押し黙る。身に覚えがあったから、なにも言えなかったのだ。こんなふうに、ファンタジーの世界に生まれ変わったら――なんて妄想は、何度もした。妄想では終わらないことも、経験してきた。

レイチェル・タイムはうふふと笑った。作りものではなく、本物の笑顔。

――このとき、僕はようやく、本当の意味でレイチェル・タイムに出会った気がした。

作りものの笑顔で塗り固めたレイチェル・タイムの本質、魂の部分に。

「わたくしは、ただ、その夢想を現実にしたいと思っているだけですの。〃傭兵女王〃だけじゃ足りませんもの。もっともっと、わたくしはより多くのモノを望むのです」

「……では、次になにを望むのですか」

その、周囲を巻き込んでしまうほどに際限ない欲望で――いったいなにを望むというのか。

レイチェル・タイムは、ただ短くこう言った。

「――すべてを」

どういう意味か、その一言ではわからなかったけれど、続く言葉で――僕は理解した。

この女は、やはり化け物なのだと。

「わたくしはわがままな女ですの。加減を知らず、けれど高望みだけは人一倍な悪役――それがわたくしですの。あえて言うならば、そう――世界征服と、そうなるのでしょうね」

世界征服。

〃傭兵女王〃は、ハンバーガーチェーンで世界を征服すると言った。

「システムは世界を変えますの。わたくしの集中調理施設《セントラルキッチン》は、いずれすべてのギルドを駆逐しますわ」

「……たいそうな夢だけど。じゃあ、そのたいそうな夢に轢《ひ》き潰されるギルドは、どうなるんです。ギルドで働く人たちは――どうなるんですか」

「言ったはずですわよ、『悪役』と」

レイチェル・タイムは言った。例の、作りものの笑顔を表情筋に貼り付けて、言い切った。

「覇道に犠牲はつきものですの」

一瞬、頭が沸騰したかと思った。気のいいお客さんたちの顔が、脳裏に浮かんでは消えていく。

こいつは──この女は、それを犠牲にすると言った。おのれの欲望のために潰していくと。

商人円街を守るために、僕は戦うべきなのだろう。

いや。

地球という同じルーツを持つ僕こそが、戦わなければならない。

星を見る。きれいな星空を。──覚悟は決まった。

「──その覇道で、僕の大切な人たちを犠牲にするというなら、僕はあなたの覇道に立ちふさがる敵になるぞ、レイチェル・タイム」

もはや、様をつけることはない。この敵に持つ敬意など、ひとつもない──。

くすり、と作りものの笑顔が歪《ゆが》む。

「では、一介の料理屋にすぎないあなたが、わたくしのノックアウトバーガーを潰すと──そうおっしゃられますの？」

「やってやるよ。──僕はあなたに勝つ」

チェーン店などに負けてたまるものか。そんな意地も、少しはあった。

だから、

「ハンバーガーだ」

「……同じ土俵を選びますのね」

「有利だなんて思うなよ、レイチェル・タイム。僕のハンバーガーは……あなたの覇道を阻むハンバーガーになるんだから」

宣戦布告。

僕は、しっかりと斑髪の女を見据えて、宣言した。

「ここをあなたの戦場にするというのなら、あなたも命を失う覚悟をしておけ。この戦場《まち》の戦士は、一筋縄ではいかないぞ」

対して、彼女はやはり作りものの笑顔で、

「どうぞご自由に。ノックアウトバーガーの店名の意味を知りたいというのならば、わたくし、喜んで教えてさしあげますわ」

ドレスのスカートをつまんで優雅に一礼し。

そして、僕らの戦争が始まった。

2

ハンバーガーはシンプルな料理だけれど、それゆえに無限の可能性を持っている。

パンはどんなパンにする？　はさむバーガーパティは？　野菜は？　ソースはどうする？

そんな無限の選択肢の中から、僕ら料理人は独自のおいしさを選び抜かなければならない。

僕がジェビィ氏に頼まれて作ったバーガーは、もっちりした白いパンに、肉汁滴る粗いパティとフレッシュなレタス、トマトをはさみ込んだものだ。味付けはパティに強めに混ぜ込んだ調味料で、ソースはなし。

白いパンは、軽く焼くことでかりっとした食感と香ばしさを演出。パティは肉の歯ごたえを残しつつも柔らかく仕上げ、ともすれば重たく感じるパンとパティの組み合わせを、トマトの鮮烈なうまみとレタスのさわやかさが調和させてくれる。

間違いなく、おいしいと言い切れるものだった。

対して、ノックアウトバーガーはというと、

「……マスター、これ、薄くない？」

プリムは不満そうにノックアウトバーガーをかじる。大きさはそれなりだ。けれど、横から見る

とパンもパティも全体的に薄い。

白いパンは柔らかい。黒パンなんて話にならない。しかし、弾力の点でジェビィ氏のものに比べると劣る。もっちり感がまるでない。

パティも薄く、これまた柔らかい——どうやったのかは知らないけれど、肉をミンチにしている。肉をミンチにする肉挽《ひ》き器は、この世界ではまだ発明されていないのに。

だから、僕は手ずから包丁で肉を刻んでいた。包丁で刻むことで、肉本来の歯ごたえのある部分が残って、おいしさに一役買っていたのだけれど、レイチェル・タイムはどうやらわざわざ肉挽き器を開発したらしい。

「たぶん、牛肉一〇〇パーセントのパティだね。しっかりと赤身の味、肉のコクを感じる一方で、肉汁は全然足りていない。これは——パンにあわせてるのかな」

「パンに？」

「うん。ハンバーガーのおいしさは、中にはさむもので決まる——と思われがちなんだけれど、実際はそうじゃない。むしろ逆なんだ」

薄いパンに分厚いハンバーグをはさむと、パンを邪魔に感じることがある。おいしいハンバーグなのに、それをはさむぼそぼそした薄いパンのせいで、ハンバーグの味を楽しむことができなくなることが。

「パンはハンバーグを手でつかんで食べるためにあるんじゃない。パンとハンバーグは……そう、いわば夫婦みたいなものなんだ。パンがしっかりとパティを受け止めて、パティもまたパンを受け止めなければならない」

「……それって、マスターとあたしが支えあっているような感じ？」

「うん？　まあそんな感じかな」

「つまり……あたしたちはすでにもう……いわば……！」

いきなりプリムが小さくガッツポーズをし始めた。なんだこいつ。僕は彼女の奇行に若干ビビりつつ、

「ま、まあ、ともかく……パンも、パティに負けないくらいのものを用意しないと、この調和は成り立たないんだ」

「へぇー。あれ、でもそれってすごくむずかしくない？」

うん、と僕はうなずいた。

そう。肉であるパティはどうしてもインパクトの中心を担う——ならば、それと張り合えるパンは、味も大きさも歯ごたえも風味も、すべてが完璧なものでなければならない。

けれど、そういった職人技が生み出すパンは、もちろん自分で作ることも、作れる職人を探すことも、むずかしい。

「だから、レイチェル・タイムは安くするために、そして大量生産できるように、パティそのものを薄くして、それと調和するパンのランクも生産しやすいレベルまで下げたんだと思う」

プリムは怪訝《けげん》な顔で、

「ランクを下げた……って、まずくしたってこと？　わざわざ？　なんで？」

「言っただろ、プリム。安くて大量生産できること。これが、彼女の商売のキモなんだ。おいしさよりも、安さと早さ。調和のとれたバーガーなら、すごくおいしいとまではいかずとも、普通においしいものにはなるからね」

薄いパンに薄いパティ。野菜はなくて、味付けのケチャップソースが野菜といえば野菜かもしれない。

格別においしいというわけでも、食えないほどまずいというわけでもない。もっと味のいい料理屋はたくさんある。

サニーさんのセリフは、まさにその通りだ。

なのに、どうして彼女の店は強いのか。

「プリム。テイクアウトしてもらったとき、ノックアウトバーガーは混雑していたかい？」

「お客さんだらけだった」

「じゃあ、買うのに時間がかかったんじゃないかい？」

「……いや。不自然なくらい、早かった。注文してから焼いてたのに、一分もかかってなかった。それに――」

と、プリムは手元のハンバーガーを見つめて、言った。

「――これひとつで、たったの白銅貨一枚だなんて、安すぎる」

白銅貨は、おそらく帝都で一番流通している貨幣だろう。

帝都の通貨の最小単位は銅貨だ。銅貨が十枚で白銅貨に、白銅貨が十枚で銀貨に、銀貨が十枚で金貨になる。もちろん、一〇〇パーセント本物の銀や金で製造されているわけではないけれど。

この世界の十進法の通貨単位は日本のそれに近い――と僕は思っている。白銅貨の手触り感なんて、それこそ百円玉そっくりだ。その価値も、百円玉と近しいだろう。

「安くて早い。これが、ノックアウトバーガーの武器だ。薄いパティは大量に作り置きして、魔冷庫《フリーザー》で保管。注文が来てから焼きあげる――ああ、そうか。ここでも薄さが活きるのか。すぐに焼きあがるんだ――あとはケチャップを塗ってバンズではさめば出来あがり」

「……マスター、この料理に勝つには、マスターも安くて早いハンバーガーを作らないといけないってこと？」

「……いいや」

首を横に振って、否定する。

同じことをしても、レイチェル・タイムには勝てない。

カフェ・カリムは僕の城だけれど、ノックアウトバーガーは彼女の城ではない。

彼女はセントラルキッチンと言った――つまり、すでに彼女は食品工場を作り終えているのだ。

彼女自身が持つ領地にある大量生産ライン。

そここそが彼女の城であり、帝都にみっつあるノックアウトバーガーは尖兵《せんぺい》にすぎない。

「それに、僕は料理人だよ、プリム。ビジネスマンじゃない——安くするために味を落とすことはできない」

「じゃあ、どうやって勝つの？」

「それは——」

と、続けようとした言葉は、ひとりの男性によってさえぎられた。

「——決まってるじゃねえか。これが戦争だぜ。ときにはルールさえ破って、勝てるように策をめぐらせるのさ」

「……テックさん！　また飲みに来たの？　まだ昼過ぎよ？」

「ちげえよ！　仕事だ仕事！」

カフェ・カリムの入口に現れた男は、昨日、深夜まで騒いでいた酔っ払いだ。今は酔っていないけれど。

今朝、食肉ギルドで食材を仕入れがてら、ある依頼をしておいた。

「テックさん。早かったですね。——どうなりました？」

おうよ、とひげ面が笑う。

「食肉ギルドの意見はまとまったぜ。ノックアウトバーガーは危険で、あいつらがギルドのやり方を無視するってんなら、あいつらに対して食肉ギルドのルールを守る理由もねえってこった」

「じゃあ、いけるんですね？」

「ああ。今回、この件に限って、食肉ギルドはカフェ・カリムに全面的に協力する。好きなだけ肉を使えよ、マスター」

「ありがとうございます！」

立ち上がって、頭を下げる。

そんな僕の肩をばしばし叩いて、テックさんは、よせやい、と苦笑した。

「頭をあげな、マスター。おれたちゃ仲間だ。そうだろ？　同じ商人円街の仲間で、この街を守る同志だ。貴族サマに平民の意地ってやつを見せてやろうぜ」

「テックさん……！」

「おいおい、感動するのは早いぜ？　なんせ――同志は食肉ギルドだけじゃねえんだから」

言われて、気づいた。

店の入口に、三人の男女が立っている。

「野菜ギルドも、カリム君に協力することを決めました」

「トーアさん！」

「私も同志と呼ばせていただきますよ、カリム君」

陰鬱そうに笑う、ひょろ長い男性。

「酒類ギルドもね。ダンナに許可とってきたから。まあ、ハンバーガー勝負で酒が役立つかどうかはわかんないけど」

「コロンさん！」

「あたしにできることならなんでも言ってね、我が同志カリムちゃん」

見た目はプリムより幼い、三児の母。

「わしもギルドマスターに提言し、この件に関しては全権を委譲されたからのう。パン職人ギルドもまた、同志カリムに協力するぞ」

「クソジジイ！」

「ちょっと待って同志」

ジェビィ氏までいるなんて。

こんなに心強い仲間たちがいれば、セントラルキッチンがなんだというのだ。

「一緒にがんばりましょう！」

「おう！」

「ええ、やってやりましょう」

「目にもの見せてやるんだから！」

「あの、さっきクソジジイって言わなかった……？　スルーされている気がするんじゃが……」

捨てられた子犬みたいな顔でジイさんがなんか言っている。スルーした。

——と、ちょんちょん、と袖を引かれた。プリムが軽くほほを膨らませながら、上目づかいで僕を見つめている。

「ど、どうしたの？」

「マスター。あたしも、同志よね？」

「え？　うん。そう思っているけど」

「何番めの？」

……うん？　なにが？

プリムはぷくーっと膨れた。フグみたいだ。

「何番めの仲間かって聞いてるのっ」

「……いや、何番め、って……」

にやにやしながらこっちを見ている顔役四人が、なぜか無性に腹立たしい。

しかし、何番め――というなら。

「一番、かな」

「……マスター……！」

嬉しそうに、プリムが抱き着いてきた。胸にこう、丸くて大きくて柔らかいものが押し付けられて、むにゅんと――うぇえ⁉　なんで抱き着いてきたの⁉

「おい、見ろよ。あの鈍感マスターが珍しく正解を引いたぞ」

「歴史的快挙ですね」

「子育ての方法とか教えたほうがいいのかしら」

「いやいや、待つのじゃ諸兄。あのマリウス・カリムのことじゃから、ここからひっくり返してくるぞい」

僕があわあわしていると、ぎゅうっと抱き着くプリムが、

「ねえねえ、ちなみにどういうところが一番っ？　あたしのどこが一番なのっ？」

と聞いてきたので、僕はやっぱりあわあわしながら、

「え、だってほかの四人より先に店にいたし。そういう順番じゃないの？」

そう言った瞬間、背骨がみしっと鳴った。

「……あの、プリム？　プリムさん？　ちょっと力が強いような気がするんだけれど――」

「…………」

「ね、ねえ、あの、これいわゆる鯖《さば》折り――あああああ痛い痛い痛いイタいってプリムちょっとイタタタタタタ」

僕の胸に顔をうずめるプリムの表情は見えないけれど、怒気がオーラになって目に見えるような気がするくらい、怒っていることはよくわかった――というかスゲェ痛い。

半ば気を失いつつ、助けを求めて顔役四人のほうを向くも、彼らはこぞってやれやれ顔で苦笑している。なんだあんたら。仲間なら助けてよ。

「ほらのう？　わしの言った通りじゃ」

あと、よくわかんないけどジェビィ氏は許さん。

——そして。

『ジェビィのパン屋特別企画！　カフェ・カリム監修のハンバーガーが白銅貨五枚！』

そんなのぼりを立ててから、一週間が経過した。

僕がやったことはというと、各ギルドに協力をお願いして、ハンバーガーのレシピを渡して、それだけだ。

レイチェル・タイムに大見得を切った本人である僕がその程度しか働いていない、というのはいささか恥ずかしい思いもあるんだけれど、結局のところ、僕は料理人——ビジネスに関して、素人のアイデアを商業に組み込むのはプロの仕事だ。

昼の営業時間終了後、ジェビィ氏のパン屋に顔を出してみると、老爺は機嫌よく笑った。

「売れ行きは好調じゃよ！　商人円街のご婦人方は、夜の白パンなどもついでに買っていってくれるしのう——あ、夜の白パンっていうのは晩飯に食べる白いパンという意味で他の意味はないぞ？」

その注釈はいらない。

「今までは貧民円街のみなが買っていく黒パンが主な収入じゃったからのう。立地的に仕方ないとあきらめておったのじゃが、これならば、あるいは——勝てるかもしれんのう！」

「テンション高いのはいいけど、ジェビィさん。採算はどうなんです？」

カフェ・カリムでは白銅貨十枚で提供していたハンバーガーと同じものだ。

それが、半額――もちろん、ただ値段を下げたわけではない。というか、商品の値段というのは、そう簡単に下げられるものではない。

材料費や人件費、光熱費（この世界では生活用魔術符にかける費用）、来客予想数などから『何円で何個売れればお店全体の採算がとれるか』を綿密に計算して決定されるのだ。それは仕入れる材料の数や保管できる期間などと密接に絡み合い、数量的な管理の礎となる。

値段を下げるということは、それらの諸要素に大きな変化があったことを意味するのだ。

そして、ジェビィ氏がハンバーガーを売るにあたって発生した変化が――。

「ハンバーガーの原価に関しては、各ギルドから流通価格の下限を無視して購入させてもらっておるからの。人件費はパン職人ギルドから若いのを連れてきて手伝わせておるから安く済むし、光熱費くらいじゃな。増えたのは」

「それならよかった。……ですけど、ジェビィさん。油断はしないでくださいね。向こうに行っていた商人円街の人たちの大多数をこっちに引き戻して、ようやく勝負っぽくなってるだけですから――まだ、向こうを潰せるほどじゃない」

「ほう。では、次の策があるのじゃな？」

「策ってほどじゃありません。ただのアイデアです」

そう、アイデアだ。

商人円街の顔役たちはお金持ちではない。けれど、彼らの権利と手腕、信用をもってすれば、こうして白銅貨十枚のバーガーを五枚で売ることができる。

相手は貴族だ。資本は僕らの比ではない。でも、僕らひとりひとりでは届かない資本も、みんなで協力すれば、張り合える――。

レイチェル・タイムは焦るはずだ。もっと稼げるはずだったのに、と。

そして、焦りは悪い想像を生む。

――このまま相手が白銅貨五枚でバーガーを売り続けたらどうしよう。開業のために投じた資財を回収できなかったらどうしよう。

レイチェル・タイムの資本がどれほどあるのかは知らない。

けれど、それは相手も同じこと。商人円街にあるギルドが、完全協力態勢にあるいま、その資本は貴族にだって勝るとも劣らないサイズに膨れ上がっている――はずだ。

いわば、チキンレース。どちらが先に音を上げるか――。

もちろん、実際に音を上げるまでやるわけではない。大切なのは彼女と交渉の場を設けること。

各ギルドの人たちが、自分自身をベットしてくれたおかげで、この策がとれた。

レイチェル・タイムは、いずれ僕らと交渉しなければならなくなる。

その交渉の場で持ちかけるのだ。価格でも早さでもない、彼女が避けた味の勝負というやつを。

「うまくいくかどうかはわかりません。でも――勝負の場に引っ張り出せさえすれば、勝てます」

僕はあまり自分に自信があるほうではないけれど、それでも、これだけは譲れなかった。剣も魔法も人並みで、夢見た冒険も名声も手に入れられなかった僕だけれど、最後に残った料理人としての矜持《きょうじ》だけは。

「僕が、あの女に勝ちますから」

言ったとたん、ジェビィ氏は笑いを止めて、真摯な瞳で僕を見た。え、なに。そんなに変なこと言った？

「……まだ若いのう」

「……そりゃまあ、ジェビィさんよりは」

「そういう話じゃないわい、アホウ。いいか、カリム。見失うなよ？」

「……え？」

「お前さん自身を――の。もっとも、これはジジイになったところで、できるようになることではないがの。わしもそうじゃ」

そう言って、ジェビィ氏はひらひらと僕を追い払うように手を振った。

「ホレ、そろそろ戻らんかい。わしもお前さんも、やることはたくさんあるじゃろ？」

ジイさんの態度に思うところがなかったわけではないけれど、普段の言動がアレだったので、きっと大した意味はないんだろうと思って、僕はカフェ・カリムに帰った。

ジェビィ氏の言う通り、やるべきことはいくらでもある。お店の営業、各ギルドとのすり合わせ……それこそ無限に。

だから、ジェビィ氏の言った「若い」なんてセリフを、いつまでもおぼえていることはできなかった。

けれど、僕はおぼえているべきだったし、ジェビィ氏の言葉をもっと重く、深く考えるべきだったのだ。

ジェビィ氏は、僕がこの世界に生まれる前から毎日パンを作り続けてきた、大先輩なのだから。


帝都の地図は子供でも描ける。シンプルな四重丸だからだ。

中央の丸が王城区画、ドーナツ状の部分が内側から貴族円街、商人円街、貧民円街となっている。

「この国の創始者がここを都と定め、城を建てたとき、配下のものたちに爵位と離れた土地を与えたんだけれど、それと同時にあるルールを定めたんだ」

「ルール？」

首をかしげて、プリムが繰り返した。

ルール。憲法、と言い換えていいだろう。分厚い憲法書の中に、貴族に関するルールが記されている。

「『領地を持つ貴族は、必ず王城のまわりに家を持ち、常に領主自身、あるいはその妻、あるいはその子、あるいはその親、そのどれもがいないものは親族同様のものを置くこと』ってね」

「……なんで？」

「反乱を起こされないようにするための人質だよ。さらに、大臣職とか、そういう王城での地位を貴族自身や妻子に与えることで、ただの人質ではなく『皇帝の味方』として立場を固定したんだ。ともに国を興した戦友だとしても、どれだけ信用していた配下だとしても、未来永劫《えいごう》そうだとは限らないだろ？　そういうわけで、丘の上の王城のまわりに貴族円街ができたんだ」

当然だけれど、皇帝と貴族だけでは生きていけない。帝都のまわりは皇帝直轄地で、村々からは畑の作物が税として納められていたけれど、それだけで満足するならそもそも国など作らない。欲しがりな皇帝や貴族を相手取った商売を行うため、旅の行商人は帝都に拠点を作り、従業員を住まわせた。商人円街の始まりだ。

そして、商売が盛んになれば盛んになるほど、流通が増え、住民は増えていく。

やがて、貧富の差が拡大し、商人円街の外へと敗走した元商売人たちの居つく地域ができた。それが、貧民円街。

「そもそも、『貴族円街』『商人円街』『貧民円街』っていう分け方は正式なものじゃないんだけどね。皇帝がそうしたわけじゃなくて、勝手にそうなっちゃっただけなんだから。だれかがいつかかそう呼び始めて、みんながそれにならっただけ。それぞれの円街のあいだに壁があるわけでもないし、だれだって好きに出入りできる――いまの僕らみたいにね」

ジェビィ氏のパン屋を見に行った翌日。

僕とプリムは貧民円街を歩いていた。

「でも、どうして貧民円街なの、マスター。ふたりで出かけるぞ、なんていうから、その……ート、みたいだなって思って、ちょっと喜んでたのに」

「……え、なんて？　途中よく聞こえなかったんだけど。チート？」

「違うよ！　もう！」

また怒らせてしまった。ぷう、とほっぺたを膨らませているので、つついてやろうかと思ったけれど、自重した。

本気で機嫌が悪いわけじゃない、というのはなんとなくわかるんだけれど。喜んでいるけれど、同時に怒っている――みたいな。女の子はよくわからない。

「で、どうしてここなの？　風情もへったくれもない」

「敵情視察。低所得者を主な商売相手としているんだから、貧民円街のノックアウトバーガーは、商人円街の支店より好調なのかな、って……」

あと風情はどうでもいいだろう。視察なんだから。

けれど、たしかに――あまり、歩きたくないところではある。全体的に煤《すす》けているというか、汚いというか――。

地面は石造りではなく土が露出していて、排水溝は土の地面を強引に削って作ったものだ。土木ギルドや建築ギルドならこのあたりの技術を持っているだろうから、住民が自分でやったのだろう。

少しでも快適に暮らすために——けれど、ギルドに依頼する資金などないから。

行き交う人びとの多くは、商人円街へ向かう。仕事があるからだ。いつか、自分もそちらに住むことができるように、お金を稼ぎに行く。

そして、少数の人びとが、街の外へ——。

冒険者だ。

冒険者ギルド。うまくやれば、巨万の富を得て商人円街で暮らすことができる。

どころか、冒険者として成功したあげく、自分で傭兵ギルドを立ち上げて爵位を勝ち取った猛者までいる。レイチェル・タイムのことだけれど。

そういう人たちがいるから、一般的には夢のある職業だとされる。けれど、知っておかねばならない。

僕は自分の左足にある傷を思い出す。

成功者の下には、成功できなかった多くの負け犬が転がっているのだ。積み重なったしかばねの上に、やつらの富はある。

そんなことをつらつら考えながら歩いていると、人混みが見えてきた。

ノックアウトバーガー帝都貧民円街南部外輪寄り地区支店——街を囲む城壁の目と鼻の先。

「メインの客層は貧民円街の住民……だけじゃないね。帝都の外から来た人も、まずはあそこで一休み……って感じかな」

「流行《はや》ってるね。あたしが住んでたころは、この辺、ヤミの屋台がけっこうあったんだけど、ノックアウトバーガーのせいで畳んだのかな。……あ、ヤミの屋台っていうのはね」

「知ってるよ。密輸入したり、ギルドの悪いやつから横流しで手に入れた、廃棄予定だった牛の内臓とかを焼いて売ってたんだろ？　不衛生だからけっこう食中毒とかになってたらしいけど、とにかく安いからみんな買ってたっていう……」

「もう！　マスターってば、なんで貧民円街のことにも詳しいのよ！　せっかく、あたしもマスターの役に立てると思ったのに……」

「え？　いつも助けてもらってるし、そんなこと気にしなくてもいいのに……」

　ぷう、とほっぺたを膨らませているので、つついてやった。ぷひゅう、と息を吹いてから、さらに膨れてばしばし僕の肩あたりを叩いてくる。痛い。

　そんなことをしながらだったから、店に入ってしばらくしても、僕もプリムも彼の存在に気づかなかった。

　――いや。けれど、これに関しては、僕に非はないといいたい。

　だって、僕は彼とはそんなに親しくないし、彼のシンボルである、全身に巻き付けた金属製の鎖が今日はなかったから、一見して彼と気づくことができなかったのだ。

気づいたのは、販売カウンターで僕らの番が来て、彼が口を開いたとき。

「おいおい、そんなに堂々と敵対するヤローが来ていいのかヨ？　だがまあ、オレッチもいまは接客中ダ。せっかくだから、こう言ってやるゼ」

あんぐり。

僕とプリムは、そろって彼——髪の毛を整え、清潔なノックアウトバーガーの制服を着た、見違えた姿の男を見つめる。

貧民円街で孤児や悪童をまとめ上げ、自ら貧民円街の顔役を名乗る男。でも、そうか。前回あったとき、こいつたしか、用事がどうとか言ってたよな——これのことだったのか。

ともあれ、自称〝エッジ〟——ハーマンは、にこやかな笑顔で一礼して、言った。

「いらっしゃいませ、お客様。店内でお召し上がりですか？　それともテイクアウトですか？　それか、おいおい——」

ハーマンは機嫌よく笑った。

「——ノックアウトをご希望か？　ン？」

驚きのあまり硬直していた僕がひねり出せた言葉は、

「……接客態度悪くない？」

それだけだった。

場所を店内のテーブルに移して、つまりヨ、とハーマンはハンバーガーにかじりつきながら言った。ちょうど休憩時間だったらしい。

「オレッチも、もうすぐ十七歳……愚連隊のリーダーなんてやってる場合じゃネェってことサ。で、ちょうど、レイチェル・タイムが貧民円街で人手を探してるってんで、面接受けてみたら、するっと通ってヨ。いまはここで働いてるって寸法サ」

「うわあ普通だ……普通の理由だ……」

「オイ悪いかヨ普通でヨ」

「〝エッジ〟のカケラもない……」

ぜんぜん鋭利じゃない。堅実だ。

ハーマンは僕をにらみつけると、

「勘違いすんなヨ。オレッチがトガってんのは、そうじゃなきゃこの貧民円街じゃ生きていけねぇからダ。貧民円街出身ってだけでナメられてロクな仕事がネェ。あってもせいぜい日雇いで白銅貨十枚もらえるかどうかってとこサ」

白銅貨十枚。それは——カフェ・カリムが出すハンバーガーひとつぶん。ジェビィ氏の店でもふたつ。一日分の食費にもならない。

「貧民円街出身じゃ、まともにギルドにも入れネェ。職人系ギルドはコネがネェと紹介されネェし、卸売り系は文字とか計算ができネェと無理。貧民円街じゃ、日雇い以外に生きていく方法なんて限られてんのサ。一発逆転もネェわけじゃねえけど。わかるか？」

「……冒険者ギルドか」

「そう。だが、それも男だけだナ。女は、ある意味もっとヒデェ。テメェは買ったことなさそうだけどナ」

女。買う。ハンバーガーショップの片隅でするには、あまりに生々しすぎる話題だ。だけど、僕はあえて意識しないようにしていたけれど、貧民円街の街角に、やけに薄着の女性がたくさん立っていたことは事実で。

それは、つまり——そういうことだ。

「……あたしは、運がよかったんだ。もう売りをやるくらいしかなくなって、でも、それがいやで——」

プリムは、テーブルの脚を見ながらつぶやいた。

はじめて会ったとき、彼女はぼろぼろで、痩せこけていて、それなのに眼《め》だけはらんらんと輝いていて——その手には、ナイフを持っていた。

錆《さ》びだらけで、刃は欠けていて、けれどそれゆえに恐ろしさを感じたその刃物は、ある意味、あのころの彼女そのものだった。

「——マスターの店じゃなかったら、さらし首になって死んでたかもしれない」

「プリム……」

「そうサ。プリム、オマエは運がよかった。あのときマリウス・カリムみてえな甘ちゃんの店に押し入ったオマエだけが運をつかんだのサ。そんで――ようやく、オレッチにも運がまわってきた」

ハーマンはハンバーガーの最後のひとかけらを口に放り込んで、席を立った。

「このチャンスは、オレッチのもんだ。だれにも渡さネェ。いまはまだ下っ端だけどヨ、もっともっと働いて、昇格して、いずれ――オレッチは社長になる」

「……社長？」

この世界では、あまり聞かない呼び方だ。レイチェル・タイムが部下のウィステリア・ダブルに自身をそう呼ばせてはいたけれど――。

「オレッチはオレッチの会社を立ち上げるのサ。ギルドみてぇな古臭い連中とは違う、このノックアウトバーガーみたいな会社をナ。そんで、だれよりも稼いで、だれよりも幸せになってやる」

「……金があれば幸せになれるってもんじゃないと思うけど」

「ケンカ売ってんのかテメェ。そりゃ、生きていくために最低限の金を稼げてるやつの発想だ」

ハーマンはきびすを返し、背中を向けた。表情は見えないけれど、きっと怒っているんだと思う。

僕に対して。それから――もっと大きなものに対しても。

「オレッチたちはヨ、死ぬんだ。金がないと、死ぬんだヨ。飯も食えネェ、頼ることができる相手も貧乏で、それならいっそ冒険者になろうとしても、栄養失調でまともに動けネェ。そうなりゃその辺の子犬にだって殺されらぁナ。ヨーホー今生、また来世……そうやって死んだダチの数だけ、巻きつける鎖が増えんのサ」

「ハーマン、あんた……」

プリムの言葉をさえぎって、ハーマンは言葉をつないだ。

「だからヨ。オレッチは――絶対に、幸せになる。金だって、女だって、欲しいもんはぜんぶ山ほど手に入れて、巻いた鎖の人数分、他人の何倍も幸せになってやるのサ」

巻いていた鎖。あれは、彼にとって大切な、いなくなっただれかの人生を背負っていく決意のあらわれだったのか。忘れないために――忘れてしまわないために。

言葉を失っていると、会話が終わったと判断したのか、制服の背中はカウンターに向かって歩き始めた。まかないのハンバーガーも食べ終わったし、休憩は終わりということか。

「ああ、そうだ」

最後にもう一個、と背中が言った。

「マリウス・カリム――テメェ、あの程度のバーガーでタイム社長に勝てると思ってんのかヨ？」

あの程度――と、そう言われて黙っていられるほど、僕は大人ではない。

「現に勝ってるだろ。この店のバーガーよりもうまいぞ。絶対にな」

「ハッ。それも今日までだナ」

「……どういう意味だ？」

ハーマンは手をひらひらと振って、去っていった。

教える気はないということだろう。

「マスター、あいつの言うことなんて気にしなくていいよ。あいつはマスターのことが嫌いだから
……」

「……そうだね。うん、僕もそう思うよ」

僕のハンバーガーはうまい。ノックアウトバーガーの薄いパンとパティのバーガーに負ける要素なんて、なにひとつない。

そう。パンもパティも勝っていた。

けれど、レイチェル・タイムが仕掛けてきたのは、パンでもパティでもなかった。

「カリム！　助けてくれぇー！」

翌日の朝。なんだか見たことのある風景だけれど、息せき切ってジェビィ氏がカフェ・カリムに駆け込んできた。

「ジェビィさん、いったいどうしたんですか」

「新メニュー！」

「はい？」

「テリヤキじゃ！」

「はい？」

同じ反応を二回もしてしまったけれど、仕方ないと思う。テリヤキジャ？　なんだろう。なにか

の魔法だろうか。ガ系より強そうだ。ジェビィ氏は魔法使いギルドには入っていないはずだけれど

――って。

「テリヤキって、まさか、照り焼きですかっ⁉」

「そう言うておるじゃろ！」

ぜーはーぜーはーと呼吸が辛《つら》そうなのに叫ぶから、とりあえず水を一杯コップに注いで渡した。

しかし、照り焼きとは。

推察するに、ノックアウトバーガーが新メニューとしてテリヤキバーガーを出してきたということだろう。信じられない。

醬油《しょうゆ》がこの世界にあったなんて。調べても見つからなかったから、ないものだと思っていたんだけれど。

もしかして、レイチェル・タイムが作ったのかもしれない。大豆はあるし──いやでも、専門知識が必要になるし、時間だって年単位でかかるはずだ。作ったとすれば、レイチェル・タイムは数年前から準備していたということになる。

ぞっとする想像が浮かんだ。あの女が、この世界で生まれ変わったときから、こうすることを計画していた──なんて妄想。そんなわけはないとわかっていつつ、その妄想を笑い飛ばすことが、僕にはできなかった。

醬油作りは──僕が、かつて断念したことだったから。

「……プリム。ちょっと行ってくる！」

「行くって、どこに？」

「決まってるだろ！　ノックアウトバーガーだよ！」

エプロンをカウンターに叩きつけて、僕は店を飛び出した。

たしかめなければならない。

街を全速力で走る。商人円街の南端から北端までの半周、全力疾走で走り切れる距離ではないけれど、それでも走って、どうにかこうにか息も絶え絶えにジェビィ氏のパン屋にたどり着いた。

通りの向かいでは、ノックアウトバーガーに人だかりができている。のぼりには『新メニュー！世界初のテリヤキバーガー！』の文字。

ああ、クソ――やられた。

ふらふらと僕も人だかりに交じって、店に入る。いらっしゃいませー、と元気なあいさつが迎えてくれた。

この支店のスタッフも、きっと貧民円街でくすぶっていただれかなのだろう。生きるために、そして、成り上がるために必死で働いている。

「……テリヤキバーガーひとつください。テイクアウトで」

「はい、承りましたっ。カウンター右にずれて少々お待ちくださいっ」

カウンタースタッフの少女に白銅貨を二枚渡す。新メニューは今までのノックアウトバーガーの二倍の金額だ。それでも、僕のハンバーガーよりはるかに安い。

一分足らずで油紙に包まれたテリヤキバーガーが出てきた。

店を出る。紙包みをはがすと、ふわりと香りが舞った。知っている香りだ。けれど、この世界では初めて感じる香り。

薄いパンには、たっぷりと茶色いソースがかけられたパティがはさまれていて、その下にはなんとレタスとトマトがはさまっている。いままではソースの材料として野菜を使っていただけだったのに、今度は生野菜まで提供し始めた。

カフェ・カリムに向かって歩きながら、ひとくちかじった。

知っている味だった。

パンは薄いし、パティも薄い。肉汁なんてほとんどないし、歯ごたえも柔らかいばかり。

なのに。

「……あ」

どうしよう。懐かしい。懐かしくて——涙が出そうだ。

とろみのあるソースの、甘辛く調理された醤油の味。しゃきっとしたレタスに汁気たっぷりのトマト。薄い薄いとバカにしていたパンとパティがあわさって、絶妙にバランスがとれている。

地球では、あんなもの、と思っていたのに。金欠のときにたまに行って食べる安物だと思っていたのに。

困った。本当に――困った。

どうして、こんなにも――うまい。

さらに一口かじると、味が変わった――パティの中央付近に、ぽてっとした白いソースが塗られていた。

わずかな酸味とゆたかなうま味を閉じ込めたマヨネーズソース。パティに足りない肉汁のコクを補っている。全体に塗っていないのは、量が多いとしつこく感じてしまうからだろう。

ひとくちひとくち咀嚼《そしゃく》して、やがて食べ終わって、紙を丸めてポケットに突っ込んだ。とぼとぼと下を見ながら歩く。

僕には醤油は作れない。絶妙な味のバランス感覚で作りあげられたレシピは、地球で食べたものを再現したものだ。彼女が一から考えたハンバーガーではない。

でも――僕には、再現することすら不可能だ。

――本当に、勝てるんだろうか。不安が鎌首をもたげて僕を見つめている。

足取りは重く、店に戻ると、プリムが心配そうに駆け寄ってきた。ジェビィ氏はいない。行き違いになったのかもしれない。

「マスター、大丈夫？」

「……うん、大丈夫」

「うそ。大丈夫じゃない顔してる」

そっと、優しく目の下を指でさわられた。

それを拍子に、僕はぽつぽつとテリヤキバーガーのことを話した。転生のことは伏せたままだけれど、僕にはできない料理だということも含めて。

勝てないかもしれない、という不安も言ってしまった。ほかの人には言えないけれど、プリムには、なぜだか話してしまった。

「……あたし、料理のことも経営のことも、なにもわかんないけど――マスターの料理、好きだよ」

プリムは少し微笑んで、水を差しだしてきた。コップに入った冷たい水。

少し飲む。口の中のもったりしたテリヤキソースの残滓《ざんし》が薄れた。

「……ありがとう、プリム。ちょっと、すっきりした」

「どういたしまして。なにもしてないけどね」

しかし、冷静になってしまうと、勝てないかもしれない――ではなく、勝たなければならないことを思い出して、さらに憂鬱になる。

このテリヤキバーガーは、価格と味と提供速度のバランスが最高だし、せっかく僕のハンバーガーを買ってくれていた商人円街の住人たちも、ノックアウトバーガーに流れてしまう可能性は十分ある。

貧民円街の住人は、たまの贅沢《ぜいたく》をテリヤキバーガーという形でかなえるに違いない。いつもより贅沢。それでいて、ほかの店で食べるよりも安く済む。

そうなれば、もう、僕らの商売は見向きもされなくなる。

突破口を見つけなければならない。コップに口をつけて、また少しだけ水を口に含む。

テリヤキソースの味が流れ落ちて、少しだけ肉の味が残り、すぐに消えた。

「……ん？」

――なんだ？

違和感。また一口水を口に含んで、今度は慎重に、舌に神経を集中させる。かすかな、ほんのかすかな違和感を探す。砂漠に落ちたひとつぶの塩を探すような慎重さで、味覚という荒野を一歩ずつ踏みしめる。

五つの基本味を思い出せ。テリヤキソースに含まれる砂糖の甘味。マヨネーズソースを作るとき加えられたお酢のかすかな酸味。パティやソースから感じる塩味。トマトや肉からあふれ出すうま味。それらに違和感はない。だとすれば、残っているのは――苦味。

レタスにあるかすかな苦味ではない。これは、肉だ。肉から感じる苦味だ。すぐに消えたけれど、たしかに苦味があった。

感じ取れたのは、その苦味を知っているから。濃い味付けのソースや野菜の新鮮さで――さらに、レシピを考案した人の絶妙なバランス感覚でごまかされているけれど、この苦味を、僕はたしかに知っている。

信じられない。でも、そうか。肉挽き器を使えば混ぜる量なんていくらでも調整できるし、焼きあげれば色でもわからなくなる。テリヤキソースなんて味も風味も強いものを使えば、気づくことは困難だ――。

「マスター？　どうしたの？」

怪訝な顔のプリム――彼女と貧民街に行ったとき、話したことじゃないか。ヤミの屋台。廃棄しないで横流し。不衛生な部位。間違いない。料理人の矜持をかけて、僕は断言した。

「……ノックアウトのテリヤキバーガーには、牛の内臓が入ってる……！」

またしても、僕は店を飛び出した。向かう先は、もちろん、あの女の居場所。

「本当は――きちんとアポをとっていただかないと、お会いできない決まりですの。マリウス様でなければ、いきなり会おうだなんていわれても、お断りさせていただくのが常ですのよ」

レイチェル・タイムは優雅にティーカップに口をつけた。

「それで、どのようなご用件ですの？　血相を変えて飛び込んできたと聞いたときは驚きましたけれど――」

用件？　決まっている。わざわざレイチェル・タイムが貴族円街に所有する屋敷《やしき》に出向いてきたのだ。

見たくもない偽物の笑顔と対面せざるを得ないほどに重要な案件。ウィステリア・ダブルは隣室に控えているという。

正真正銘、僕と彼女のふたりだけ。タイマン勝負。

「テリヤキバーガーのパティのことだ。レイチェル・タイム……おまえ、内臓を入れたな？」

レイチェル・タイムは目を丸くして――作り笑顔すら忘れて、驚いた顔をした。

あら、あらあら――なんて言いながら、彼女はすぐに笑顔を取り戻したけれど、僕はしっかりと見た。

「気づくやつはいないとでも思っていたんだろ？」

「ええ。もちろん――気づかれないように調合しましたもの。うふ、わたくし、そういうのは得意ですのよ？　バランスをとる――といいますか。調和から離れたところで生きていたからでしょうか、むしろ、そういう感覚には自信がありますの」

とろけるような言葉遣い。ついつい聞き入れれば、骨の髄まで溶かされてしまうような甘ったるい声。ふかふかのソファに香り立つ紅茶。すべてのバランスがよくて、頭にもやがかかっているかのように、思考を鈍らせる。

それでも、僕が彼女に言いくるめられなかったのは、彼女の美しい笑顔が偽物だとわかってしまうから。パティに混ぜられていた内臓と同じだ。絶妙なバランス感覚の中にある、一点の違和感。それだけが、僕に正気を保たせている。

「逆に、わたくし、料理は苦手ですの。食べるだれかのためを思って作るとおいしくなる？　料理は愛情？　ナンセンスですわ。まったくもってナンセンス——味覚受容体は愛情に反応するようにはできていませんのに。ねえ、マリウス様もそう思いませんこと？」

「おまえ……！」

カッとなって、思わず席を立つ——ことができなかった。少しだけ腰を浮かせた体勢で、止められた。いつのまにか、レイチェル・タイムが立ち上がって右手をテーブルにつき、身を乗り出して、僕の額に左手に持ったティースプーンを押し当てていたのだ。

座っていたはずなのに。いつのまに。額に当てられた小さな金属。それだけで、僕は立ち上がることができなくなった。

「お忘れ？　わたくし、いちおう〝傭兵女王〟なんて呼ばれていますのよ？」

くすりと笑う。それすらも作りもの。

——急速に頭が冷えた。

そうだ。この女は、プロの人殺しでもある。僕なんかが逆立ちしたって勝てる相手じゃない。それに、僕は殺し合いをしに来たわけじゃない。腰を落として、座りなおす。

殺し合いをしに来たわけではないけれど、話をしにきたわけではある。ひとつ呼吸して、

「……わかってるのか？　内臓を入れるってことの意味を……食肉ギルドで内臓が廃棄されているのは、この世界ではまだ安全に食える部位じゃないからだぞ」

「貧民円街のヤミ屋台の話ですわね？　あれは、そもそも捨てる部位ですから、食肉ギルドでも適

切に処置されていませんもの。それがヤミに流れれば、悪くなることはあっても、よくなることなんて万にひとつもありませんわよ。貧民円街には治癒術師《プリースト》だっていませんし、運が悪ければ食中毒で死ぬことだってありますわよね」

「たしかに管理のせいかもしれない。けど、そもそも――この世界の牛や豚が、地球の牛や豚と同じだとは言い切れないだろ？　僕らの身体だって開いてみれば解体新書とは違う構造かもしれない。だいたい、魔法なんていう得体のしれない原理が作用する世界だぞ。レイチェル・タイム――あなたが地球の知識をたくさん持っていることはわかったけれど、だからって、その知識がこの世界でそのまま通用すると決まったわけじゃない」

内臓は危険だ。少なくとも、この世界においては。

「内臓はやめたほうがいい。重大な問題に発展する可能性がある」

努めて慎重に語ったつもりだった。けれど、レイチェル・タイムは――やはり、作りものの笑顔で、くすりと笑った。

「そんなこと、承知のうえですわ」

「――え？」

「この世界と地球と、まるで違う物理法則が存在しているなんて、言われなくても承知しておりますの。ぺらぺらの紙に記された魔法陣ひとつでコンロに火が点き、凍らせ屋《フリーザー》が魔冷庫《フリーザー》にひとつまじないをかけるだけで、それこそ冷蔵庫みたいに機能する世界ですもの。豚の内臓も牛の内臓も鶏の内臓も、きちんと安全かどうかを精査したうえで提供していますの」

「精査？　って、どうやって……地球みたいに科学的なアプローチができるわけじゃないはずだ」

「科学的なアプローチができないのであれば、科学的でない地道なアプローチをするしかないでしょう？」

レイチェル・タイムは、笑った。たぶん、本物の笑顔で。にっこりと、笑った。誇らしげに――自分の偉業を誇るように。

「わたくし、これでも領主ですもの。領内にある農村に住む人びとにご協力をお願いしておりますの」

――精査。科学的でない地道なアプローチ。人間が食べて危険があるかどうかを判断するもっともわかりやすいチェック方法は――多くの人間に食べさせて、様子を見ることだ。

つまり、それは――。

「人体実験じゃないか……！」

「そうとも言いますわね」

けろりと言い切る。ぞくりと背中に悪寒が走った。僕はずっと、僕と同じ地球からこの世界に生まれ変わったがゆえに優秀な知識を持つ人間を相手取って戦っているつもりだった。けれど、違う――こんなやつは、地球であろうが異世界であろうが、問題外だ。道理を外れている。

「人体実験のどこがいけませんの？　だれかの犠牲なくして文明は発達しませんの。先頭を走るだれかが道を切り開くことで、うしろに続くことができますのよ？」

「……だからって、村ひとつを実験場にしたのか。あんた──おかしいよ」

狂っている。そんな言葉さえ、のど元まで出かかった。

「以前も申し上げました通りですわ。覇道に犠牲はつきものですの」

「……村ひとつ、滅んだとしてもか」

「ええ。それが必要であるならば」

「……そっか。──わかったよ」

彼女のわがままな欲望によって、潰《つい》えていくいろいろな人の人生。人を人とも思わない外道とは、彼女のことを言うんだろう。

だったら僕も、これからはあんたを人だとは思わない。

「勝負しようよ、レイチェル・タイム」

「……勝負ですの？」

「ああ。あんたが店で出してるご自慢のハンバーガーと、僕のハンバーガー。どっちのほうがうまいか、勝負しよう。僕が勝ったら、帝都から出ていけ」

レイチェル・タイムは怪訝な表情で首をかしげた。

「その勝負、わたくしに受けるメリットがあるようには聞こえないのですけれど」

「──もし、僕が負けたら」

つまり、レイチェル・タイムが勝ったら。

「好きにしていい」

「……なにをですの？」

「僕を。僕の店も僕自身も——ぜんぶ好きにしろ。死ねと言われれば死んでやる。僕が負けたらな」

「あら。——それはとっても魅力的なお誘いですわね」

作りものの笑顔がゆがんだ。

「いいでしょう。わたくしが勝った暁には、あなたのお店をノックアウトバーガーの四店舗めにしてさしあげますわ」

こうして。予定とは違う理由だけれども、僕はレイチェル・タイムを料理勝負の場に引きずり出すことに成功し、またひとつ、負けられない理由ができたのだ。

よく気づいたなあ、こんなの。テックさんはそう言ってテリヤキバーガーをかじった。

僕がレイチェル・タイムに勝負を取り付けた翌日、カフェ・カリムには顔役四人が集まっていた。

「たしかに、言われてみれば——ほんのわずかだが、臭みと苦みがあるな」

「はい。厄介なのは……その臭みを除けば、パティそのものの味が向上しているところですね」

内臓――ホルモンはその独特な臭みや食感から忌避されがちだけれど、肉挽き器でペースト状になるまでミンチにされ、絶妙なバランス感覚で普通のミンチ肉と混ぜられたパティは、むしろうま味やコクが増していた。

安くて早くて、さらにうまい。レイチェル・タイムは外道だけれど、これについては見事と言うほかない。

「……で、どうするんだ？　パンもパティも絶対にマスターのほうがうまいのに、このテリヤキソースとかいうやつのせいで負けるなんてことになったら、笑い話じゃ済まねえぞ」

「はい。笑い話じゃ済まないんです。ですから――すいません、いま一度、みんなの力を借りたいんです。勝負は一週間後。それまでに、あの女に勝てるバーガーを作らなければならないんです」

テリヤキのインパクトに勝てるよう、特製ハンバーガーを素材から見直す必要がある。

そのためには、僕だけでは力不足だ。

「テックさんには、仕入れてほしい肉があるんです」

「おう。なんでも仕入れてやるよ。で、どこの部位だ？」

その部位の名前を伝えると、テックさんはにやりと笑った。

「通だねぇ、マスター」

「いえ。ただの思い付きです。うまくいけばいいんですけど……」

パティの次はパンだ。

「ジェビィ氏には、パンに工夫をしてもらいたくて……」

「そうじゃのう。勝負に勝てば、あの店が出ていってくれるというのなら――ま、いいじゃろ」

ジェビィ氏も快諾してくれた。残るピースはあとふたつ。

「トーアさん、コロンさん。ふたりには、特に大事なお願いがあります」

「私にできることならば」

「あたしも？　あたし酒屋なんだけど……」

「そのコネで、手に入れてほしいものがあるんです。たぶん、この中では、遠方との取引がある酒造ギルドにしかできないことなんです」

お願いを口にすると、コロンさんはムムムとうなった。

「そういうの、ないわけじゃないけど、コネが通るかはダンナ次第なところがあるからね。聞いてみるよ」

「ありがとうございます！」

頼れる仲間がいてくれる。

このあいだは、僕はレシピを提供しただけだった。けれど、今回は違う――僕が作って、僕が勝つ。

料理をバカにしたあの女に、料理を戦争の道具にしてしまったあの女に、勝つんだ。

そのための準備を怠るつもりはない。全力でぶつからないと、勝てない相手だから――全力以上を見せてやる。最高のバーガーを作ってやろうじゃないか。

——ハンバーガーとはバランスである。

パン《バンズ》とパティ、野菜やソース——それらの調和が崩れると、とたんにイマイチになってしまう。

『おいしいんだけれどなにかが足りないハンバーガー』は、そうして生まれる。

最高のバーガーを作りたいなら、ただ最高の具材を使えばいいってもんじゃない。最高レベルでのバランスを意識しないといけないんだ。

そこで、僕がテックさんに頼んだ牛肉の部位は、

「ミスジ——肩甲骨の内側にある赤身肉。一頭の牛から数百グラムしかとれない幻の部位で、非常に柔らかい赤身と、細かく入った霜降りが特徴。そのまま焼いて食べるだけで、そりゃあもうとろけるようにうま味があふれ出す最高の部位——」

「すごくおいしそうじゃない、マスター！」

「——の、上にある部位の上《ウワ》ミスジっていう部位」

「一気に弱そうになったね、マスター」

まあ、たしかに肉としての価値はミスジよりも低い。赤身の質そのものはミスジと似通っていて、非常に柔らかいのだけれど、霜降りが——つまり、筋肉中に含まれている脂肪分がほとんどない。真っ赤なのだ。

しかし――だからこそいい。

霜降りはそのまま食べるなら最高だけれど、ハンバーグにするとしつこく感じてしまう。そのしつこさは、ハンバーガーにおいては全体のバランスを崩す要因になるのだ。

「でも、それだけだと、ぱさぱさしちゃうんじゃないの？」

「そうだね。これだけでも十分おいしい赤身肉のハンバーガーにはなるけれど、多少ジューシーさに欠けるだろうね」

プリムの不安はもっともだ。しかし、そうならないために、さらに工夫を行う。

魔冷庫《フリーザー》から取り出したのは、白い塊。いまのいままで凍っていたはずなのに、手の熱だけですぐに表面がとろりとぬめりを帯びる。

これが、僕の秘密兵器。

刻んだ上ミスジに、白い塊から削り取った細かい破片を少し加えて、こねる。つなぎは不要。味付けに塩、コショウを加えて、形を整えていく。普通のハンバーグなら俵形だけれど、僕らが焼くのはハンバーガー用のパティだ。バンズと同じ、まんまるに仕上げる。

温めたフライパンに油をひいて、パティをそっとのせれば――ぱちぱちと音が跳ねて、肉の焼ける香り、加熱されたコショウの突き抜ける香りが広がっていく。

いまこの瞬間、僕の精神はフライパンの上にあった。

音、香り、視覚から得られる情報すべては、焼きあがりを待つパティのためにある。約百グラムの小さな肉の塊。けれど、いまだけは同じ重さの金よりも重要で価値のある百グラム――。

肉の焼ける香ばしいにおいの中に、一瞬、やわらかく甘い香りが混ざった。パティから、血の混じっていない純粋な脂がフライパンへと届いたときの香り――もちろん、それは僕の錯覚にすぎないかもしれない。それでもいい。僕はその錯覚を、パティから届けられたその合図を信じる。

合図にしたがい、すばやく、けれど優しくパティを返す。

染み出て焼きあがった面に落ちつつあった脂が、重力に従って逆走を開始。その先にあるのは、新たに焼けつつある反対の面――けれど、脂がそこに辿《たど》り着《つ》く前に、パティに火が通る。

逆走した脂が加熱された鉄の上に落ちる前に、皿へと引き上げる。

焼きあがりは軽やかに。提供は迅速に。

フライパンへと落ち、流れ出ることを許されなかったうま味と脂。僕はそれらを一皿のハンバーグに閉じ込めた。

「バンズはまだ完成していないから、とりあえずこれだけで。さ、プリム。――ご賞味あれ」

「なんだか長々とハンバーグを焼くところを見せつけられたような気がする……！　数分のことだったのに……！」

期待度が高まっているようでなにより。ともあれ、プリムはごくりとのどを鳴らして、ナイフとフォークを手に取った。

シンプルな味付けゆえに、肉のうまみを最大限に感じる一皿に仕上がっているはずだ。

そして——白い破片。僕がパティに封じ込めた最大の隠し味。肉汁が少ないはずの赤身肉のハンバーグを化けさせる切り札。

ざぶり、とナイフがハンバーグに沈み込んだ。

「……えっ⁉」

プリムのおどろく声が店内に響いた。

無理もない。彼女は、赤身肉一〇〇パーセントのハンバーグを切っているはずだったのだから。

なのに——いま。皿の上には、ハンバーグの断面からあふれ出た透明な肉汁が広がっている。

切り分けたひときれを、プリムはおそるおそる口へと運び、満面の笑みを浮かべた。いま、彼女の口の中では、うま味の奔流が荒れ狂っているに違いない。

プリムは次々とハンバーグを切り分け、どんどん口へと運んでいく。うねうね身もだえしながら、最後のひときれを飲み込んで、は、と一息ついた。急いで食べたから、息が詰まったのかもしれない。

「うまいっ！　うまいよっ、マスター！」

「でしょ？」

このパティに見合うバンズはまだできていないけれど、彼女がまだ物足りない顔だったので、軽くあぶって温めた黒いパンのスライスを皿にのせる。ジェビィ氏の店は、白いパンを売る権利を持っているが、貧民円街向けの需要もあって、ずっと黒いライ麦パンを売っている。ときおり、僕が食べたくなったときなどに買い置きしておくのだ。日持ちするし。

プリムは黒いパンを皿の上で何度もひっくり返して――言い方は悪いけれど、いじきたなく――肉汁を集めきった。

「……いつも思うけれど、プリムは本当にうれしそうに食べるよね」

「え？　だって、うれしいじゃん。ものを食べられるだけで幸せなのに、それがマスター手作りのおいしいごはんなんだよ？　うれしいに決まってるじゃんか」

「ものを食べられるだけで幸せ、ね……」

はぐはぐとライ麦パンのスライスをかじるプリムは、本当に幸せそうな笑顔だ。けれど、彼女はほんの一年前まで、食うに困る生活をしていた。貧民円街で――〝エッジ〟のハーマンたちと一緒に、ときには残飯さえ漁《あさ》って。あまつさえ僕の店に強盗に押し入った――けれど。

いまの彼女はそのころの彼女とは別人だ。更生して、いまは商人円街の仲間だと認められている。

僕の店で幸運だったと、ハーマンは言った。本当にそうだ。僕も幸運だった。押し入り強盗を企てたのがプリムだったから、僕も、彼女の助けになることができたんだ。

「……僕も」

「はむ？」

つぶやいた言葉に、パンをくわえたまま応じる。そういう仕草は、一年経《た》っても変わらない。そんなことに気づく自分に少し苦笑しつつ、僕は言った。

「プリムがうれしいと、僕もうれしいよ」

「――ふえ」

ぼん、と真っ赤になった。

「な、なんでいまそういうコト言うかなっ、マスターは！」

「なんでって、言いたくなったから」

「もう！　もう！」

むー、とうなりながらも、パンをかじるのをやめないところが彼女らしくてかわいらしい。

一通り憤り終わったのか、プリムは皿を下げながら、はてなと首をかしげた。

「ねえ、マスター。どうして赤身肉のパティから脂がたくさん出てきたの？　魔法？」

「いや、魔法じゃないよ。白いのを削って入れてたでしょ？　あれがトリックのタネで――」

「――はっ、まさか――！」

プリムがなにかに気づいたように、口に手を当てた。おそらく、正解に辿り着いたのだろう。仮にもこの店で一年間従業員を務めているのだから、それなりに料理に対する知識も増えてきているということか。いわば師匠として、僕も鼻高々である。

しかし、僕の奥の手に気づくとは、プリムもなかなか素質がある。いずれ、僕に追いつき、追い越す料理人として店を巣立っていく――こともあり得る。そうなったらどうしよう。いまから「ワシが育てた」って言えるようにしておかないと。必要なものはなんだ。威厳とか、やっぱりいるよね。黒いシャツと頭に巻くタオル、それから腕組みの練習は必須だろう。コレ違うラーメン屋だ。まあいいか。ともかく、いまはプリムの成長を喜ぼう――。

「――パティにヤバい薬を混ぜ込んで、あたかも肉汁があふれ出ているかのように錯覚させた――⁉」

「違うよ！」

ぜんぜん気づいていなかった。どころか斜め上に思考をすっ飛ばしていた。さすがプリムだ。巣立ちの日は遠い。――遠くていいけど。

「ええとね、入れたものはコレなんだけど」

魔冷庫《フリーザー》から、もう一度白い塊を取り出す。平べったいシート状で、なにかの切れ端のようにも見えるし、なにかを練り上げて作ったようにも見える。

テックさんに言って仕入れてもらったものは、上ミスジだけじゃない。むしろ、この白い塊のほうをこそ仕入れたかったといっても過言ではないかもしれない。

「牛の一部だよ。腎臓とヒレ肉のあいだに、この白いものがあるんだ」

地球世界でも、わりと簡単に手に入れることができるものだ。すき焼き用の肉を買うと、プラスチックトレーの端っこにちょこんとのせてあったりする。

「――ケンネ脂。ようするに牛脂だね。霜降りだと調整が難しくてバランスが崩れるなら、赤身に牛脂を混ぜ込んで調整してやればいい――ってわけさ」

「おお……！　マスター、すごい！　天才！」

「はは、そんなに褒めてもなにもでないよ」

「プロみたい！」

「プロだよ」

「おかわり！」

「なにもでないって言ったよね……？」

勢いで押し切れると思わないでほしい。……褒められて悪い気はしないから、少しくらい追加で作ってあげてもいいかな、なんて思ってしまうところが、僕のダメなところなのかもしれない。

ともかく、ケンネ脂をこうして混ぜ込むと、格段にハンバーグの味がよくなる。口当たりはソフトになり、脂特有のしつこさやくさみはほとんどなく、肉汁の多さのわりにすっきりと味わえる。

なにより、ただの脂身なので、本来捨てている部位である。ようするに――安い。ほとんどコストをかけずに味を向上させられるのならば、それに越したことはない。

「……まあ、このアイデアを思いついたのも、あの女がいたからなんだけどね」

「あの女……って、レイチェル・タイム？」

「うん。あの女が内臓を――捨ててた部分を使っただろ？　だからってわけじゃないけど……」

廃棄部位の有効活用。レイチェル・タイムの猿真似《さるまね》のようで腹立たしいけれど、それでも――僕が思いつく最善のプランだ。勝つためなら、少しくらいの腹立たしさは飲み込んでしまおう。

「いいパティができた。それに――そろそろ、バンズも試作が出来あがるころじゃないかな」

「試作？　ジジイの？」

「そう、ジイさんの。いろいろ工夫を凝らして、このジューシーなパティに負けないような、最高のバンズを作ってきてくれるはずさ」

最高のパティはできた。だから、次は最高のバンズ。これぱっかりは、腕利きの職人に頼るしかない。

商人円街で一番のパン職人、ジェビィ・エル氏に。

「――おはようさん、マスター。日替わりランチちょうだい」

「いらっしゃいトリオデさん。おはようというには、すこし遅い時間ですけど、お仕事ですか？」

「うん……輸送の仕事で、ちょっと帝都離れとって、昨日の晩には帰ってくる予定やってんけど、予定よりも遅くなってもうて、朝帰り」

不規則な生活は不健康だとされているけれど、仕事の性質上、不規則な生活にならざるを得ない人は、どうすればいいんだろうね。

おさげにまとめたぼさぼさの髪の上に、しわくちゃな三角帽をかぶった女性。凍らせ屋《アイスマン》のトリオデさん。

凍らせ屋《アイスマン》は、その技能ゆえに冷凍輸送を任されることが多い。トリオデさんくらいの腕の魔法使いなら、中〜長距離の仕事も請け負うことになるから、その仕事の帰りというわけだ。

「朝帰りで、さっきまで寝ていたんですよね？　今日、ハンバーグとスープとライスでちょっと重めですけど、寝起きで食べられます？」

「いやわや、もー。なんで寝起きってわかったん？　そんなに寝起きの顔してる？」

そりゃもうばっちり。

「でも、ハンバーグかー。うーん……」

腕組みをして悩みだすトリオデさん。ハンバーグは好物だったと思うのだけれど、どうしたのだろう。おなか痛いのかな。

「ハンバーグ、おいやですか？」

「いやね？　仕事の話やから、詳しくは言われへんねんけど、輸送の仕事頼んできたところが、輸送中は毎日、行動食でハンバーガー出してきてな？　ちょっと食傷ぎみというか」

「あっ」

詳しくは言えないといいながら、最大のヒントがぽろっと出てきた。

「なんね、その『あっ』は」

「いえ、あの、トリオデさん」

んん？　と小首をかしげる。もしかして、まだ寝ぼけていらっしゃるのではあるまいか。

しかし——これ、ほとんどクライアントを隠せていないだろう。毎日ハンバーガーを行動食で出すとなれば、材料を冷凍して運んでいたのだろうけれど、それってつまり、そういうことだよね？

「いちおう、聞いておきますけれど……隠す気あります？」

「え？　なにを？」

「依頼主は〝斑髪〟のレイチェル・タイムでしょう？」

「なんでわかったん⁉」

びっくりー、という顔でおどろいているけれど、逆に、どうして気づかれないと思ったのだろうか。天然か。

けれど、意外というかなんというか――トリオデさん、以前は雇われなかったと嘆いていたのに、どうして急に雇われたのだろうか。聞いてみると、

「ああ、ちゃうちゃう。ギルドに依頼してきたんよ。なんか、直属の凍らせ屋《アイスマン》やと無理かもしれへん長距離やったらしくて。タイム領って、分散してるん知ってた？」

ひらひら手を振って言う。専属の凍らせ屋《アイスマン》ではなく、トリオデさんを頼った理由――。

「分散？　どういうことです？」

「領地がひとつやのうて、みっつとかよっつとかありよるん。なんか、金のない他家の領地を借り受ける形で使ってるんやと」

「……それ、いいんですか？」

貴族の領地は皇帝陛下からの賜りものだ。それを勝手に切り取って貸し借りするなんて、許され

るはずがない。

「ウチもソレ思ってんけど、許状が事務所の壁に貼ってあったわ」

許されてた。マジかよ。

「皇帝陛下やのうて、代理印やったけど。ええと、たしか——」

ど忘れしたのか、トリオデさんはうむーんとかうめきながら首をひねり出した。……まさかとは思うけれど、またあの人だったり——するかもしれない。

帝都の財務大臣。僕の——いや、いまは関係のない話か。

「もしかして、シルヴィア・アントワーヌ……では、ありませんでしたか？」

「そうそう、その人！　なんでわかったん？」

「レイチェル・タイムとシルヴィア・アントワーヌは、共謀してノックアウトバーガーをやっているんじゃないか、って疑問は前からあったんですよ」

そして、タイム領の話を聞いて、確信した。〝鋼の法〟シルヴィア・アントワーヌは、確実にクロだ。どういう理由かは不明だけれど、あの人は商人円街を支えるギルドの仕組みを潰そうとしている。

法を守ることを生きがいとする彼女が、特例を認めてまで商人円街を攻撃する理由——わからない。不可解だ。けれど、だからこそ恐ろしい。なにを考えているのか、まったくわからない——。

あるいは、もう、僕の知るシルヴィア・アントワーヌではないのかもしれない。

思案する僕に、トリオデさんはじっとりとした目を向けて、言った。

「……マスター、ところでうちのランチは？」

あっ。

昼営業の時間は、そんなこんなでせわしなく過ぎていった。

最高のパティをはさむ最高のバンズ。

もっちりと、なおかつどっしりと肉のうま味を受け止められなければならない。けれど、当然ながら言うは易し行うは難し――そんなバンズは、なかなか作れるものではない。

「カリム、試作ができたぞい！　持ってきたから、まあ食べてくれや」

トリオデさんが帰って、ランチタイムが終了したあと、ジェビィ氏がカフェ・カリムにやってきた。目の下にクマができている――必死にやってくれたのだろう。

しかし、そのクマを感じさせないテンションの高さで、ジェビィ氏は袋から丸いパンを取り出した。きれいに茶色く焦げ目がついていて、ふわりと焼き立てパンの香りが漂う。急いで持ってきてくれたのだろう。

「ふふふ、なかなか苦労したぞい。配合が難しくてのう。じゃが、そのぶん、満足のいくものができた」

「それは期待できますね」

「マスター、あたしも食べたい」

食いしん坊がいつのまにか寄ってきていた。さっきまかないをたくさん食べたのに。

ずっしりと手に受ける感触。手に伝わる温かさ。ふたつに割ってみると、甘いパンの香りが爆発した。たまらない。割った片方をプリムに渡して、

「では、いただきます」

かぶりつく。

少し硬めのパンの皮が歯に当たる。そのパリパリした食感と香ばしさを感じつつ、白い部分を噛みしめる。

――もっちり。

しっかりと、歯に弾力が跳ね返ってくる。ただ硬いわけじゃない。ふわふわなのに、もっちりしているのだ。

多めに配合してあるのか、バターの風味とすこしだけ効いた塩味が、口の中でゆるやかに躍っている。天然酵母で焼いたパン特有のほのかな甘みも、また格別で――。

これは、うまい。

「……うまっ」

プリムがもしゃもしゃとパンを食べきった。はやい。

「ジェビィさん、すごいじゃん！　ただの下ネタクソジジイじゃなかったんだね！」

「ほっほっほ、プリムちゃんや、おまえいままでわしのことをただの下ネタクソジジイじゃと思っ

ていたんじゃな……⁉」

「だってそうじゃん。ねえ、マスター？」

　ジェビィ氏は心外そうに目を細めてこちらを見ている。て、僕はまたパンをひとくちほおばって、

「いやあ、本当にうまいですね、このパン……！」

「ごまかし方が雑じゃのう！」

　いや、だって、実際下ネタクソジジイみたいなところはあるし……。

『ただの』ではなく『凄腕《すごうで》パン職人の』だけれど。はじめて扱う食材で、ここまでのものを仕上げてくるのだから――。

　最高のバンズにするために、ジェビィ氏に頼んだ工夫。

　それは――米粉。

　米粉の持つ風味とどっしりした味わい深さを、パンに加えたのだ。粘り成分グルテンを持たない米粉を入れると、ともすればぼそぼそした食感になりかねないけれど、ジェビィ氏は見事になしとげた。最高のバンズだ。

「小麦粉に米粉を配合して作った米粉パン――これだけでも、十分新商品になるが、さて。実はまだみっつほどあるんじゃが――どうじゃ、カリム。いま、はさんでみぬか？」

「そうですね。――やっちゃいますか」

　はさむ。なにを？　そんなもの、当然決まっている。

魔冷庫《フリーザー》からパティを取り出し、焼きあげる。と、同時にジェビィ氏のバンズを上下に切り分けて、軽くあぶっておく。野菜はトマトとレタス。ソースはなし。パティとパンにしっかり味がついているから、これだけでも十分なはずだ。

でん、と大きなハンバーガーがみっつ、完成した。さながら城のようだ。皿の上に積み重ねられた巨大な城。この城は――攻め落とすためにある。

だれからともなく吶喊《とっかん》。かぶりついて――一心不乱に食べきった。

もっちもちのバンズ。ジューシーなパティ。うま味をたっぷり含んだ熟したトマトに、重たく感じがちな組み合わせをさわやかに食わせるレタス。

「……んふふ」

「ほっほっほ……」

「くふ、ふへ……」

あまりのうまさに、三人そろって変な笑いが出てきた。はたから見ると完全に怪しい集団だけれど、安心してほしい。本当にうまいものを食べると、だいたいの人はこうなる。

「……勝ったじゃろ、コレ」

「うん。マスター、祝勝会の準備をしておこうよ……これ世界で一番うまいって、絶対」

「いやいや、まだ工夫は残ってるし、完成じゃないよ」

トーアさんとコロンさんに頼んだプランが、まだ残っている。もっと、うまくする。

けれど――正直な話、もうこの時点で、負ける気なんてまったくなかった。

絶対に勝つ。勝てる。僕のハンバーガーでレイチェル・タイムを完膚なきまでに叩きのめす――。

そう、決意を決めたとき、からんとドアにかけた鈴が鳴った。お客さんだろうか。ランチタイムは終わったし、夜営業の時間はまだだ。人と会う約束はしていないけれど、トーアさんかコロンさんが来たのだろうか。

――違った。振り返った僕の目に映ったのは、ひとりの女性だった。陰鬱な長身のおっさんでも、背の低い三児の母でもない。

若い女性。僕よりふたつ年下の十八歳。ふりふりのドレスを着ていて、黒髪黒目、ぽややんとした雰囲気の美少女。そんな美少女が、ぐるりと店内を見回し、僕を見つけて――にへらと表情を崩した。そう、彼女こそが僕の――ちょっと待って。なんでおまえがここにいる⁉

「ジーン⁉　どうして――」

「会いたかったですぅーっ！」

駆け寄ってきたジーンが、さながら獲物にとびかかる肉食獣のように僕に抱き着いてきた。スタイルがよすぎて逆にビビるくらいトランジスタグラマーなジーンの胸とかおっぱいとかバストが押し付けられたけれど、そんなことを気にする余裕はない。

僕の脳内は、疑問符で埋め尽くされているからだ。マジでなんなんだ。ぐしゅぐしゅ泣く美少女を、とりあえず抱き止めてやる。

「もう、マリウスくんのバカバカ！　わたくし、さみしかったんですからねぇっ！」

「あ、うん、ごめん」

なんだかよくわからないけれど、とりあえず謝っておく。すると、背後で、

「見るのじゃ、プリムちゃんよ。とりあえず泣いている女には謝っておけばよいと思っているダメ男の典型じゃぞ。ああやって幾人もの女性を泣かせてきたがゆえに、ああもスムーズに謝りながら背中ポンポンとかできるんじゃよ」

「サイッテー……」

「いや違うから！　そんなんじゃないから！　そんな目で見ないで！　ジーンは僕の――」

――僕の、なんて説明すればいいんだろう。

彼女の本名は、ジーン・アントワーヌ。財務大臣シルヴィア・アントワーヌの娘で、アントワーヌ家の長女である。そう説明するのは簡単だ。けれど、僕との関係を説明することは、はばかられる――言えるわけがない。

ずっと黙っていたことで、墓までもっていく覚悟だってしていた。まさか直接かかわることになるなんて、予想もしていなかった。マジでどうしよう。

「……僕の？　僕の、なんなの？　ねえ、マスター」

泣きじゃくるジーンの声をＢＧＭに、さっきよりもいっそう冷ややかに、プリムが聞いてきた。

なぜかは知らないけれど、猛烈に怒っている。理不尽だ。

「え、ええと……この子はですね、僕の、その、なんと言いますか」

「へぇ。へーえ。言えないような関係なんだ。ふぅーん、へぇー、そーなんだーマスターってばあたしに言えねえような関係の女がいるんだー」

「あ、あの、プリム？」

「あァ？」

怖っ！　目つきが完全に昔のソレに戻っちゃってるよ。

もはや生命の危機さえ感じる。そんなふうに思っていると、僕に抱き着いていたジーンがキッとプリムをにらみつけて（まず抱き着くのをやめろ）叫んだ。

「わたくしの大切なマリウスくんにひどいことしないでくださいまし！」

別におまえのじゃないけどな。そう軽口を叩ける雰囲気でもないし、どうしようか、なにか解決策はないかと店内を見渡すと、ジイさんがいた。めっちゃ笑顔で親指を立ててきたので、こちらも負けじと親指を下に向けて見せてやった。というか助けろ。

「おまえの……？　なんだよ、おまえ。いきなり出てきて、なんなんだよ、テメェはよ。あ？　ナニモンだテメェ言ってみろよオイ」

「う……」

ヤンキーモードに入ったプリムにおびえたのか、ジーンがさらにぎゅっと僕に抱き着いてきた。

それを見てプリムのまとう怒気がさらに強烈になった。もうどうにでもなれ。いやなるな。収束してくれ。

「わ、わたくしは……マリウスくんと、ええと、なんと言ったらいいのかしら……そう、よりを戻しに来たのですわ！」

びしい、とジーンは言い切った。よりを戻しに来たのか。そうか。無理だと思うぞ。

一方、プリムは完全に固まっていた。フリーズしたＰＣみたいだ。この世界にＰＣないけど。ややあって、ぎしりと動き出した。ロボットかよ。

「マ……」

「……ま？」

「マスターのボケッ！　側溝に詰まって死ねッ！」

どんな罵倒だ。そのまま、プリムは走り出して店を出ていってしまった。やれやれ。

「……怖かったですわー！　怖かったですわ、なんなのですかあの恐ろしい形相の女は！　マリウスくんったら、あんな女とつるむだなんて！　これは一刻も早くよりを戻さねばいけませんの！」

「いや、ジーン。その『よりを戻す』って表現、どこで覚えた？」

「昨日読んだ小説ですの」

覚えたての単語を使おうとして誤用してしまうタイプって、いるよね。ジーンはまさしくそういうタイプ。

はあ、とため息をついて、ジーンを引き離す。ついでに、カウンターでこちらを見ているクソジイさんに、

「すいません、ジェビィさん。ちょっと外してもらえますか？」

「追いかけなくていいのかのう、プリムちゃんを」

「え？　晩御飯には戻ってくるでしょ」

ジェビィ氏はちょっと形容しがたい愚か者を見る表情で僕を見た。なんだその顔は。

「これか？　これはちょっと形容しがたい愚か者を見る顔じゃ」

「だれだよ愚か者」

「おぬししかおらんじゃろうが、たわけ。さすがに笑えんぞ、これは。かわいそうに」

「……そりゃあ、僕にだって言えないことのひとつやふたつありますよ。秘密があるのは申し訳ないし、悪いと思ってますけど」

「悪いと思うところが違うわ、愚か者」

はぁー、とクソジイさんはでかいため息を吐き、「また来るからのう」と言い捨てて店を出ていった。

店内に残ったのは僕とジーンだけ。うふふ、とジーンが笑いながら身体をすりよせてくる。

「やっと落ち着いて話せますわねっ」

「うんもう疲れ切っててなにもできないけどね」

おまえのせいだ、という恨みを込めて見つめてみたけれど、なぜかほほを染めて目をそらされた。なんでだ。

ともかく——ジーン・アントワーヌとの関係を秘密にできたことだけは、よかった。

「まったく。——相変わらず落ち着きがないな、おまえは」

「マリウスくんに言われたくありませんの」

「ていうかなあ、おまえ——兄貴に向かってくん付けで呼ぶって、どういう神経だよ」

「え？　だって、マリウスくんはもう勘当されてアントワーヌの人間ではありませんもの。お兄様と呼ぶわけにはまいりませんわ」

そう。この女性——ジーン・アントワーヌは、僕の実の妹だ。だからこそ、厄介なのだけれど。

まさか、商人円街を潰そうとしているシルヴィア・アントワーヌが僕の実の母親だなんて、仲間には知られたくないからね。

さて、ジーンがやってきた理由だが……料理勝負となれば、勝敗を判定することになるのだけれど、問題は『だれが』判定するのかだ。

僕やレイチェル・タイムが判定するわけにはいかないし、かといって、商人円街のみんなに頼むのもやはり不公平だ。彼女の知り合いも同様に不公平。しかし、まったく無関係なものに頼むのも、公平とは言いがたい。

彼女は貴族で、〝斑髪〟で、〝傭兵女王〟だ。——無関係であっても、彼女を知っていれば、彼女を恐れて票を入れてしまうかもしれないくらいのビッグネーム。

だから、互いに判定員を半数ずつ選出することにした。計六名。僕ら側からは、僕を含めて三名。レイチェル・タイム側からも、レイチェル・タイムを含めて三名――そのうちのひとりが、

「わたくし、ジーン・アントワーヌですわ！」

ででん、とジーンは誇らしげに胸に手を当てた。マジか。

どういう因果で――いや、けれど、レイチェル・タイムの思惑はわからなくもない。ジーンは貴族としての英才教育から――僕と違って――逃げ出さずに生きてきた、生粋の貴族だ。ジーンの舌は肥えている。判定員として十分な素質だ。だから選んだのだろう。

「……なあ、ジーン。レイチェル・タイムは僕がアントワーヌ家の出身だって知っていたのか？」

「知りませんでしたわ。もう知っていますけれど」

「言ったのか？」

ふるふる、とジーンは首を横に振った。

「いいえ、わたくしは言っておりません。お母様がおっしゃったのです。レイチェル様が、面白いかたがいるとお母様にマリウス・カリムの名前を告げたのです。それで、お母様はピンときたようですわ」

「……で？　お母さ――あー、シルヴィア・アントワーヌ様はなんて言っていたの？」

「なにも。ただ、顔をしかめて――その、怒っていらっしゃるようでしたの。最初はお母様が審査

員の役目を打診されていたのですけれど、お母様がわたくしにお譲りになったのです」

そんなに僕と会うのがイヤか。というか、

「怒っていたのに、よく僕に会いに来ることを許したね、シルヴィア・アントワーヌ様」

「…………」

「なぜ黙る」

「え……えへっ」

「なぜ笑う……⁉」

まさかとは思うけれど、こいつ、もしや――言わずに来たな⁉

僕に会いに来ると言わずに、家を出て――ああ、馬車を使ったのならば侍従はいるだろうけれど、それにしたってあまりにも無謀だ。貴族の娘が、貴族円街を出て商人円街の男を訪ねてくるだなんて。なにかあったらどうするつもりだったのか。

「ジーン、おまえ、バカか？」

「わ、わたくしだって……！　その、バカなことをしているとは、わかっていましたわ。ですけれど、どうしても、その……」

ふい、と横を向いて、ふてくされたように、ジーンは言った。

「……会いたかったんですもの。ずっと」

「……あ」

は、と息を吐く。そっか。最後に会ったのは、いつだったっけか――。

僕が家を出る前は、こいつも小さな女の子だった。いまは背丈も伸びて、立派な淑女に見える。けれど――それは見た目の成長の話。

兄が突然いなくなったことは、ジーンにとって、あまりいい思い出ではないだろう。うん。

「ごめんな。心配かけて」

「……ほんとうに、たくさんたくさん、心配しましたのよ。毎日、夜眠る前に神様に祈っていましたの。お兄様の無事と、いつの日かのご帰還を」

ご帰還、か。無事に過ごすことはできていたけれど、帰還することは、一生無理だろう。

僕はシルヴィア・アントワーヌのことがついぞ理解できなかったし、シルヴィア・アントワーヌも僕のことをついぞ理解することはなかった。

母上が僕に理解されたかったかどうかはわからないけれど、少なくとも僕のほうは、母上に理解してほしかった。――前世の記憶なんてものがあるぶん、余計に、そういう感情が強かったのかもしれない。

は、と息を吐く。ジーンの髪の毛を撫でてやると、気持ちよさそうに目を細めた。つややかな髪だ。毎日手入れをしているのだろう。柔らかくて、なめらかで。シルクのような手触り――。

ふと、脳裏に赤い色がよぎった。赤くて、こんなふうに長くなくて、髪質は荒れていて、けれど健康的な美しさを持った色合い。お日様の光をいっぱい浴びて、傷つきながら生きている、誇り高き少女。

──マスターのボケ、か。どうして怒ったんだろう。

と、ジーンがじっとりとした目つきで、僕から離れた。どうしたんだろう。

「……マリウスくん。ほかの女の子のことを考えながら頭をなでるのはやめてくださいな」

「うぇッ？」

なんでわかったんだろう。女の子ってやっぱりみんなエスパーかなにかなんだろうか。

「……さきほどの女。いったい何者ですの？　どのような関係で？」

「ええと、うちの従業員で──」

で？　ただの従業員だ。なのに、どうして言葉をつなごうとしているんだろう。続ける言葉なんてないのに。

黙り込んだ僕に、ジーンがむうと膨れた。

「もうっ。そういうところ、変わりませんのねっ」

「ごめん。……どういうところ？」

「そういうところ、ですわっ！」

わからん。ただ、ぷんぷんと怒るジーンが、また──赤い髪の少女とダブった。

晩飯時には、帰ってくるだろう。今日は少し話したい気分だった。

僕のことについて──。

「ねぇ、マリウスくん――お兄様。家に戻る気はありませんの？」

ジーンがつぶやくように聞いてきた。僕は、小さくかぶりを振った。

「戻る気はないし、そもそもシルヴィア・アントワーヌが僕を許すことなんてないだろうし――」

許されないし、赦《ゆる》されない。

僕は、そういうさだめなのだ。前世の記憶を持って生まれた僕は。

ジーンは悲しそうに、

「そうですの」

と言って、背を向けた。

「では――また、お会いしましょう。マリウス・カリムさん。わたくし、勝敗の判定はきっちりと行わせていただきますから、ご覚悟くださいませ」

「あ――ああ。じゃあ、また」

「失礼いたしますわね」

どんな表情で彼女が店から出ていったのか、僕には想像もつかなかった。そういうところが――ダメなのかもしれない。

気を取り直して、夕方の営業の準備をする。プリムはまだ戻ってこない。ひとりで準備をするのも久しぶりだった。そして――営業時間になっても、プリムは戻ってこなかった。

その日から、プリムは来なくなった。

もとよりひとりで営業していた店だから、プリムがいないからといって、営業できなくなるというわけではない。相当苦しくはなるけれど。

でも、ほかの従業員を雇う気には、とてもなれなかった。

「かったるいな、さっさとむかえに行ってこいよ」

と、面倒くさそうにテックさんが言った。僕がまじめに悩んでいるのに。

「そうですよ、マスター。プリム嬢もむかえを待っていると思いますよ？」

「まーそうよね。待っている――というか飛び出した手前、自分からは戻れないって感じかしら」

「ウケるのう」

ウケてんじゃねーよ。ともあれ、顔役四人がそろってそんなことをいいながら毎日エールをがぶがぶ飲むので、プリムが来なくなってから二日、ついに僕は貧民円街にある彼女の家に出向いたのである。

歩けばわかるけれど、貧民円街が全体的にすごくきれいになっていることを実感する。側溝や道路も、少しずつだけれど、建築ギルドが手を加えて衛生的に変わってきている。

いいことだと思う。貧民円街にもようやくお金が回ってきていると、そういうことなのだろう。

「――と」

二階建てのアパート。昔宿屋だったらしいそこは、いまは一部屋ずつ貸し出されている格安物件だ。その一室に、プリムは住んでいる。彼女を雇うときに、一度来た。

今日は二度め。扉をこんこんとノックすると、中から「あーい」と気の抜けた声が聞こえて、ばたばたと物音がし、ややあって扉が開いた。

「だれよ、まったく――あたしだってヒマじゃねえんだけど――」

ざっくりした木綿のシャツは部屋着だろうか。首元がゆるいので、谷間がちらついて目のやり場に困る。下は同じく木綿のショートパンツで、そこからするりと伸びているのは日焼けした健康的な美脚。特徴的な赤毛は整えず、ぼさぼさのまま太いリボンのような布で巻いてまとめている。

二日ぶりに見たプリムは、いままで見たことのないプリムだった。新鮮で、なぜか、すこしどきどきする。

「……ヒマじゃないなら、出直そうか？」

「ま――ますたー……？」

「うん。そうだけど」

ばたん、と猛烈な勢いで扉が閉じた。そんなに僕の顔を見たくなかったんだろうか。

「い、いまのは忘れて！　ていうか、なにしに来たのさ！」

「え、なにって……むかえに？」

「…………」

あ、無言だ。まあいいさ。今日はお店を休みにしたから、時間はたっぷりある。

扉に背中をつけて、座り込む――。

「いや、実はさ。プリムにお願いがあって来たんだ」

それは、ほんの思い付きで、だからこそ大事なこと。返事はない。でも、扉からすこし押し返すような感触があった。それだけでわかる。木製の扉一枚へだてた向こうで、プリムも僕と同じように座っている。

「ノックアウトバーガーとの料理勝負で、判定員になってほしい。ひとりはテックさんが買って出てくれたんだけれど」

やはり無言。気にせず話し続ける。

「もうひとりは、どうしてもプリムにやってほしくて」

「――なんで」

ようやく返事があった。短くてつっけんどんなセリフ。それでもいい。返事があるだけありがたい。

「わからない。でも、プリムにやってほしいんだ。――プリムじゃなきゃダメなんだ。理由はわからないけど」

「……なにそれ。バカみたい」

苦笑する。その通り。バカみたいだ。

「バカでいいよ。それで、プリムが許してくれるなら」

「許すって……そもそもなんであたしが怒ってるかわかってる？」

「わからない。でも、わかりたいと思ってる」

「……マスターのボケ」

またボケと言われてしまった。扉の向こうから重さが消える。怒らせちゃったんだろうか。

「プリム？」

「五分――いや、十分待って」

どたんばたんと部屋の中から音がする。言われた通り、十分ほど待つと、

「……お、お待たせ……？」

なんで疑問形。ともあれ、白いワンピースを着て、赤毛を整えた彼女が扉からそっとのぞいてきた。ああ、着替えてたのか。いきなり女性の部屋を訪ねるのはやっぱり失礼だったかな。

「え、ええと……着替えたんだね」

「マスター、あたし、最初からこの服装だったよ」

「いやでもさっき」

「マスター」

「はい」

有無を言わせぬ迫力があった。まあ、とにかく、プリムは僕に顔を見せてくれた。それだけで、満足できた。そして、「――いいよ」とプリムが言った。

「……え？」

「判定員。あたしがやったげる」

「い――いいの？　怒ってない？」

「は？　怒ってるに決まってんでしょ」

怖っ。

「でも、いいよ。あたしが勝手に怒ってただけだし。なんで怒ってたのかわからないマスターにこれ以上怒っても仕方ないし。いつ行けばいい？」

「あ、うん。明後日《あさって》――貧民円街店のノックアウトバーガーで、十二時から」

「わかった。その日は行くから」

そう言って、プリムは扉を閉じた。もう話すことはないってことだろうか。

いいさ。明後日、かっこいいとこ見せてやるんだから。

審査員は六名。つまり、ハンバーガーを六皿仕上げなければならない。ひとつひとつ丁寧に。

悔しいけれど、ノックアウトバーガーのキッチン設備は僕の店のものよりも格段に良《い》い。出力の微調整が可能な高級炎術符を使ったかまどに、見たことのないほど水平に作られた鉄板。そして、巨大な魔冷庫《フリーザー》……。金の力というやつだ。

けれど、料理は設備ではない。材料でもない。

もちろん、ありとあらゆる最善の手を尽くすことは、最高の料理を作ることに必要なことだ。でも、最後にものを言うのは腕。金じゃない。

真摯に料理に取り組んできた腕を信じる――それだけ。

最善に最善を積み重ねた僕の……いや、僕らの一品。それをぶつけるために、ここに来たんだ。


勝負の日。出迎えたのは、ひとりの女性。

「ごきげんよう、マリウス・カリム様。本日はようこそいらっしゃいました」

レイチェル・タイムはいつも通り貼り付けたような笑顔でいる。でも、いつも通りではない部分もある。

「その服――」

ドレスではない。動きやすそうなシャツに、すらっとした長い脚を包む黒のパンツ。そして、腰で縛るタイプの白いエプロン――いや。白かったであろう、エプロン。かなり使い込んできたのだろう。洗っても落ちきらなかった薄い汚れや細かいほつれが、薄汚れた印象を与える。

「あら、お恥ずかしいですわ。わたくしも仕込みがあったものですから」

「……料理人じゃないって言ってたわりに、ずいぶん使い込んだエプロンだな」

「資本家だって料理くらいしますわよ」

そう言って、レイチェル・タイムはキッチンを開放した。

今日は営業せず、貸し切りだ。審査員はのちほど来る。それまでに、仕込みは終わらせておくべきだろう。

「わたくしのほうの仕込みは終わっていますの。ご自由にお使いください」

「設備を提供してくれたこと、感謝する。……今日はいい勝負をしよう、って言っといたほうがいい？」

「いいえ」

否定。続けて、〝斑髪の傭兵女王〟は言った。

「今日はいい戦争をしましょうね」

ぞっとするほど美しい偽物の笑顔——。レイチェル・タイムは戦争をしに来ているのだと宣言した。いいだろう。勝負だろうが戦争だろうが、僕のやることに変わりはない。

僕自身の最高を提供する。それだけだ。

仕込みはいつも通りにこなす。いつもと違うのは、プリムがいないことだけれど、それも大丈夫。彼女は来てくれると言った。だから、手元が狂うようなことはない。

練習した通り、積み重ねてきた通り、パティを捏ねあげ、パンを切り、最後の隠し玉が入った鍋もかまどにセットする。

仕込みが終わったあたりで、鈴の音が鳴った。だれかが入ってきたのだ。

「——審査員のテックだ。今日はよろしく頼む」

むさくるしいひげ面の親父《おやじ》は、僕に向かってウインクしてきた。怖い。でも、心強い。

そして、彼と一緒に入ってきたのは、陰鬱な表情の男性と、背の低い女性、そしてジェビィ氏。

審査員ではないが、観戦しにきたのだろう。三人そろってウインクしてくる。なんだおまえら。

さらに続けて、女性が入ってきた。

「ジーン・アントワーヌ、参りましたの。本日はよろしくお願いいたしますわね」

可憐《かれん》な女性。僕の妹は、ちらりとこちらを見て、ウインクした。流行ってんのか？

その女性に付き添うようにして入店したのは、金髪ボブカットの美少年——レイチェル・タイムの従者、ウィステリア・ダブル。貴賓であるジーンをエスコートしてきたのだろう。

彼（彼女？）も僕を見て、すこし迷ってからレイチェル・タイムのほうを見た。レイチェル・タイムは美少年にウインクした。ウィステリアはそれを見てひとつうなずき、僕のほうを見て、なにもせずに席に座った。

「しないのかよ……！」

「ええ、しません。恥ずかしい。そして——私がノックアウトバーガーからの審査員を務めさせていただきます、ウィステリア・ダブルです。私と社長を含めて三人。そちらの側も、あとひとりでそろいますね」

「ああ。うん、たぶんそろそろ来るはず……なんだけど」

時刻は十二時直前。少し不安になってきた。本当に来るんだろうか。来てくれないと困る。悶々《もんもん》としたまま、十二時を十分ほど回ったころ、鈴の音が鳴った。

息せき切って飛び込んできたのは、

「す――すいません、遅刻しましたぁっ！　プリム、審査員です！」

赤髪の少女。僕の店の従業員。一昨日と同じ白いワンピースでおめかししている。よかった、来てくれた。

彼女は僕のほうを見た。ウインクはしなかった。……いや、なにを期待しているんだ、僕は。

ともあれ――審査員がそろった。それはつまり、始まりの合図。

こんがりと焼けたもちもちの米粉パン。

スライスしたよく熟したトマト。

上ミスジとケンネ脂のジューシーなパティ。

パティにたっぷりと塗られた真っ白なソース。

ぱりっとした新鮮なレタス。

そして、もう一度米粉パン。

積み重ねたそのサイズ感と、漂う香り。

「どうぞ、召し上がってください」

カウンターに並んで、審査に入る。

がぶりとかぶりつけば、

「……おお……！」

嘆息したのは、ウィステリアくん。口の端にパンくずをつけたまま、目を丸くしている。

「おどろきました。見事なハンバーガーですね、これは……。なによりこのパティ。赤身の味がしっかりしているのに、ジューシーさも両立しているなんて。いったい、これは……？」

「ああ、それは――」

種明かしをしていいか、数秒迷った。いちおう企業秘密とかにしたほうがいい気がするし、言わないほうがいいかな。

と、思っていたのに、僕が答えるより先に、レイチェル・タイムが口をはさんできた。

「ケンネ脂ですわね。このすっとした甘さのある脂は。赤身肉のほうは――上ミスジでしょうか。上質な柔らかさの赤身肉ですの」

「――おいおい。マジかよ、あんた。食っただけでわかるのか……⁉」

ふつうはわからない。いや――そうか。そういえば、この女はふつうなんかじゃない。

「パンは米粉をブレンドしたものですわよね？　パティは上ミスジにケンネ脂――トマトとレタスは特別なものではありませんけれど、新鮮でいいものをお使いになっていますわね」

「…………」

化け物め。どんな舌をしていればそうなるんだ……⁉

テックさんはもぐもぐと満面の笑みでハンバーガーを咀嚼し、

「いやあ、こいつぁうまいな！　しかし、試作のときよりえらく美味《うま》いな。なんでだ？」

ああ、それは――と答える前に、

「――ソースね」

と、プリムがつぶやいた。

「このソース、試作のときはなかったもの。なんだろう。ほのかに甘味があって、ちょっとだけすっぱくて、まろやかで、マヨネーズっぽいけど、それだけじゃない。コク？　っていうのかな。これなに？」

「それ？　それは――レイチェル・タイム。あんたなら一発でわかっただろ？」

レイチェル・タイムはうなずいた。

「――チーズを使ったソースですわ。チーズを白ワインで溶かして、酢を入れていないマヨネーズと混ぜたものに、細かく刻んだピクルスと玉ねぎを入れてありますわね」

正解だ。その舌はどこで買えるんだ？

「タルタルソースに近いものがありますけれど、チーズのコクとピクルス、玉ねぎのアクセントが肉汁にぴったりはまっていいですわね。しつこくなりがちな口の中を、トマトとレタスがしっかりさわやかにしてくれますし。ええ、これは――」

レイチェル・タイムは敵である。けれど――彼女は素直に称賛した。

「すばらしいハンバーガーですわ。これなら、銀貨一枚だって売れますわね。さすがはマリウス・カリム様といったところでしょうか」

「――いいや」

けれど、僕は首を横に振った。ハンバーガーはバランスだ。それはもう疑うべくもない。僕は料理人として、バランスをとっただけなのだ。

「テックさんの目利き、ジェビィさんの職人技、トーアさんにはピクルスと野菜の仕入れ、コロンさんには白ワインと、無理を言って西方のチーズまで仕入れてもらって――みんなの最善を、僕がバランスをとって仕上げただけ」

だからこそ、このハンバーガーは商人円街の切り札なのだ。

顔役四人の最善が詰まった一品。

「負けはしないよ、レイチェル・タイム。あんたの内臓バーガーなんかには、絶対にだ」

勝ったと、そう思った。最高の出来だと。テリヤキバーガーに負けない一品ができたと。

しかし、レイチェル・タイムは――笑った。仮面の笑顔ではなく、おそらく彼女生来の笑み。

――肉食獣のような獰猛《どうもう》な笑顔。

「ええ。認めましょう。このハンバーガーは、すばらしいと。ですが――いいですこと？」

〃斑髪〃は、負けだと思っていない――むしろ、勝利を確信した者の笑み。

「本日の内臓は、少しばかり、手を尽くしてありますの」

そして、レイチェル・タイムの調理が始まり――僕は愕然とした。

なんだ、それは。そんなの聞いていない。

ノックアウトバーガーで提供されているぺらぺらなバンズとパティではなく、分厚いバンズとパティ。

火にかけられた鍋の中では茶褐色のソースが湯気を立て、その香りだけで舌の裏から期待があふれ出す。

「な――おい、それ……テリヤキじゃないのか……⁉」

「ええ。こちらも相応の準備をしてきましたもの。――わたくし、あなたがたのことを、決して舐めてかかっていい相手だとは思っておりませんから」

続いてレイチェル・タイムが魔冷庫《フリーザー》から取り出したのは、黄色みがかったレバーのような塊。知っている。あれは――たしかに内臓だ。

でもまさか、そんな。ありえない。

あれがこの世界にあるなんて――！

「料理には――王と言われるものがいくつか存在しますわよね」

厚めにスライスされたそれが、鉄板で焼かれ、焦げ目をつけられていく。香りだけで理解する。

あれは――ヤバい。絶対にうまい。まずいわけがない。

土台となるバンズ。レタスとトマト。焼きあげられた分厚いパティ。焼き色のついた黄色い内臓のスライス。そしてデミグラスソースの濃厚な香り。最後に黒い小さな塊をスライスして振りかけ、バンズで上から蓋をすれば、

「完成ですわ。ご賞味くださいませ。これが――わたくしの〝最善〟ですの」

さながらタワーのようなハンバーガー。ソースが光を反射して、美しくきらきらと輝いている。

ごくり、とだれかののどが鳴った。だれかの？　いや、全員の、か。

震える手で、僕は皿に手を伸ばす。

「このハンバーガーの名前は、ロッシーニバーガーと言いますわ。もしも、この世にハンバーガーの王となりうる料理があるならば――それが、これですの」

世界三大珍味というものがある。

この場合の〝世界〟は、僕とレイチェル・タイムがもといた世界――地球のことだ。

そう。そのみっつの食材は、地球のものなのだ。この世界のものでは、ないはずなのだ。

「どうぞ、熱いうちに召し上がってくださいな。自信作ですのよ？」

含みのある声に、背中が震える。

こんなの――ずるい。ずるいよ。

震える手でバーガーをつかんで、そのボリュームを指で押さえつけながら、かぶりつく。

ぱちん、と口内でなにかがはじけた。そんな気がした。

口の中に、あふれ出るのは、芳醇《ほうじゅん》な脂。いやらしさの一切ない、内臓の臭みなどみじんもない、うま味の奔流。

この爆発的でありながら上品な味の正体は、パティでもデミグラスソースでもない。

レバーだ。

「パティの上にのせた黄色いレバーのスライスは、わたくしがさる伯爵の領地を借り受けて実験的に作っていたものを、急遽《きゅうきょ》取り寄せたもので——フォアグラと言いますの。ガチョウの肝臓ですわ。ソテーしてありますの」

解説が聞こえる。けれど、だれも返事をしない。

ひとくち食べて、全員が固まった。固まってしまった。

ややあって、ふたくち、みくちと食べ始める——僕も、同じだ。

これは悪魔だ。悪魔の食べ物だ。

パティは分厚く、牛肉の脂のジューシーさでは僕の作ったケンネ脂のものと同等かそれ以上。

デミグラスソースは濃厚で香り高く、しかし全体の味を邪魔しない丁寧な仕上がり。

そして、フォアグラの圧倒的なうま味と脂の奔流。

ともすれば濃くなりがちな口の中でしっかりと清涼感を演出してくれるトマトとレタスに、それらすべてを包み込んでくれるどっしりしたバンズ。

さらに、鼻腔《びこう》をくすぐる上品なかぐわしさ。最後に振りかけていた黒いもののスライス。これもまた、三大珍味のひとつ。

「仕上げに振りかけたのは黒トリュフというキノコですの。上品な香りがたまりませんでしょう？人間の味覚の半分は香りと言われておりますけれど、そういう意味では、トリュフは香りの形をしたうま味そのものですわ」

食べるたびに、ぐん、と惹《ひ》きつけられる。ひとくちごとに、突きつけられる。

これが王だ、ひれ伏せ、敬愛せよ――。僕ら凡俗は威光にまぶしく目を細めるだけ。これは、そんな料理だ。

あらゆるバランスが完璧な、人生で――それこそ前世まで含めて食べた中で、もっともおいしいハンバーガー。

これ以上食べれば、死んでしまうんじゃないか。そう思うほどおいしくて。

そう思ってなお、食べ進めてしまう僕がいて。

審査員六名。そのうちのひとり、料理した本人であるレイチェル・タイムを除いた五名全員が、無言のまま、完食した。

「――は」

と、だれかが吐息を漏らした。いや、僕だったかもしれない。全員だったかも。

至福だった。幸福だった。愉悦だった。悦楽だった。すべてだった。しあわせがそこにあった。

だからこそ、現実に戻ったときの落差が激しい。

どくどくと心臓から血が流れていく。全身から見苦しい汗が噴き出る。

このロッシーニバーガーは、どのハンバーガーよりもおいしいハンバーガーだった。

僕が。

商人円街のみんなが。

作りあげたハンバーガーよりも。

「ぐ、ぬぅ……」

隣で、テックさんがうなっている。冷や汗を顔中に浮かべて、震える声で――彼は口を開いた。

先に言っておくならば、彼は食肉ギルドの首長で、そうせざるを得なかったのだ。

そうせざるを得なかったからこそ――最悪だった。

「これは反則だ……！」

叫ぶ。

「おれは肉屋だ、内臓のことだって一通り以上に知っている！　フォアグラ？　ばかばかしい！　たかがガチョウの肝臓がこんな味になるはずないだろう！　イカサマだ！　ありえん！　なにか――なにか、違法な、危険ななにかを使っているに決まっとる！　内臓なんだろ⁉　きっとそうだ！」

必死の形相で、だれが見たって見苦しいと切って捨てるような主張を、テックさんは叫んだ。

けれど、僕は知っている。フォアグラはただのガチョウの肝臓じゃない。脂肪肝だ。

「特殊な飼育法で育てておりますから、テック様が知らないのも当然ですわ。ガヴァージュという方法ですけれど――テック様もご興味がおありなら、お教えいたしますわよ？」

「――いらんッ！」

テックさんは食肉ギルドの長だ。その彼が、一介の成金風情だと思っていた女性に、肉のことを教えられるなんて、屈辱以外のなにものでもないだろう。

事実上、ノックアウトバーガーより劣るといっているようなものだ。

ガヴァージュという言葉の意味は知らないけれど、フォアグラの製法ならば、前世のテレビかなにかで見た記憶がある。餌を口から詰め込んでいくのだ。ひたすらに。

無理やり食わせ、太らせ、健康ラインを余裕でぶっちぎるほどに肥えさせたガチョウの肝臓。脂肪肝。

それがフォアグラ。

そんな製法――この世界には、ない。

「それに、だ。このロッシーニバーガーとやらは、ノックアウトバーガーでは販売していないじゃないか！　そんなものを勝負に持ち出してくるなど、卑怯《ひきょう》だぞ！」

「あら、それはそちらも同じではありませんこと？　カフェ・カリムでそちらのハンバーガーを販売していたことはないと思いますけれど」

「――だがッ」

「それに、わたくし、こちらのロッシーニバーガーはきちんと提供していく所存ですもの。貴族円街の店舗でだけ、一日十食限定で――ですけれど」

その言葉に、背後から「やられた」というつぶやきが聞こえた。コロンさんの声だ。

「あんた――あたしらを宣伝代わりに使う気だったんだね？　当て馬にしたんだ。そうだろ？」

「いやですわ、コロン様。わたくしがそんなにずるがしこい女に見えますでしょうか」

全員がうなずいた。ウィステリアくんもだ。きみどっちの味方だ。

「客観的に見て社長はずるがしこくてセコくて性根のねじ曲がった最低な人間かと思います」

「ちょっと待って少年、あたしそこまで言ってないからね？」

あらやだ、なんて身をくねらせてレイチェル・タイムが笑っている。それでいいのか主従関係。

そのとき、立ち上がって怒気をあらわにしているテックさんに、ジェビィ氏が声をかけた。

「テック。もうそのあたりでやめておけ。そろそろ審査を行えばどうじゃ？」

――そうだ。まだ、それがあった。結果は見えているけれど。

重々しい空気の中で、最初に口を開いたのは、ウィステリアくんだった。彼は両目をつむって少し考え、

「マリウス・カリム様のハンバーガーも大変おいしくて、実のところ、見くびっていたと反省しています。特にソースは……個人的な話にはなりますが、私、チーズが好きで、とても好みでした」

ですが、と美少年は言葉をつないだ。

「――少々、圧倒的すぎました。身内びいきととられるかもしれませんが、私はレイチェル・タイム社長のハンバーガーに一票」

続いて、レイチェル・タイムが、

「わたくしも、まあ、当たり前ですけれど、自分に一票ですわね」

これで二票。さらに、ジーン・アントワーヌが、むうとうなって言った。

「……公平に、ひいき目なしに、わたくしもレイチェル様に一票を入れますわ。どちらもおいしかったのですけれど——申し訳ありませんわ、マリウスくん」

本当に残念そうに、ジーンは言った。ささくれた心が、謝るなと叫びだしそうだったけれど、耐えた。もう、考えるまでもない。僕らは負けたんだ。だれだって、レイチェル・タイムのほうに入れる——。それこそ、僕だってだ。

なのに。

最悪は、まだ続いていた。

「おれは！　マリウス・カリムのハンバーガーに一票だッ！」

肉屋のテック——彼は、血走った目で言った。

フォアグラのうま味を、その特異性と肉としての価値の高さを、この場で一番理解しているはずの男が、顔面を蒼白《そうはく》にしながら、言った。

公正な判断を下す場で。彼は、やってはならないことをした。

必死の形相で僕とプリムをにらみつける、その眼光。強い意志のこもった、追い詰められた人間の瞳。

——同数にしろ、と。それで敗北は避けられる、と。

そうだ。最初から、そのために——審査員を同数ずつ出していた。レイチェル・タイムがどのような手段を用いてくるかわからないから、最悪でも同数で引き分けに持ち込めるように。

まさか僕らが、勝負の本質の部分で負けるなんて思っていなかったから。なんて傲慢さだろう。

「——あ」

震える。のどがひきつったようにふるえて、妙な声が漏れた。

じっとりと汗ばんだ手のひらをズボンにこすりつけて、僕は浅い呼吸を何度か繰り返す。

いいんだろうか。これで、いいんだろうか。

でも、そうしないと——商人円街が終わってしまう。それはいやだ。

僕の店が、消えてしまうかもしれない。

ぞっとする。僕の居場所が。僕の城が。実家にもいられず、冒険者としてもなじめず、最後に残ったこの街が。

「僕、は……」

消え入るような声で。

「僕自身に……マリウス・カリムに、一票……です」

絞り出すように、言った。

卑怯で、ずるくて、情けなくて。

けれど、すがるように——言った。

同数となれば、守れると思った。みじめにはいつくばってでも、それで守れると思った。

思っていた。

「あたしは、レイチェル・タイムのロッシーニバーガーに一票を入れる」

プリムが、そう言うまでは。

全員が、プリムを見た。彼女は、まっすぐと前を見据えて――僕と違い――堂々と、背筋を伸ばして、宣言した。

「商人円街がどうとか、ギルドがどうとか、正直――あたしにはよくわかんないよ。あたしはさ」

プリムは、ただまっすぐに、僕を見つめる。透き通った瞳。その奥にあるものを直視できなくて、僕は目をそらした。

「バカで、自分勝手で、ガキで――足りないものがたくさんある人間だよ。それでも――だからこそ、あたしはうそをつきたくない」

うそ。

それは――僕のことか。

テーブルの木目を見つめながら、いたたまれなさが過ぎ去るのを待っていた。そう簡単に消えるわけもないのに。

「ねえ、マスター。マスターがさ、あたしに黙っていたこと――それはどうでもいいの。アントワーヌ家の長男だったとかどうでもいい。マスターと実家のあいだにどんな問題があろうと気にしない」

「……なんで、知って――」

「聞いてたから。こないだ、店飛び出してから――やっぱり気になって、裏口でずっと」

ジーンとの会話を聞かれていたのか。背後から、驚きの声が聞こえる。顔役が驚いているようだ。知られてしまった。けれど、僕はやはり、ずっと木目を見つめている。

「びっくりしたし、裏切られた気分にもなった。でも、マスターは会いに来てくれた。あたしがいって、言ってくれた。マスターがたとえ料理にうそをついても、あたしだけは――マスターの料理にうそをつかない。絶対に、マスターにうそをつかない。マスターだけじゃない。あたし自身にも、うそはつきたくないの」

あたしは、うそを、つかない。

プリムはゆっくりとそう言って、再度宣言した。

「あたしは、レイチェル・タイムに一票」

――は。と、僕は大きく息を吐いた。そっか。じゃあ、仕方ないよね。

ずきずきと、胸の奥に寒いとげのような風が吹き込んでくる。痛いほどに寒くて、冷たくて、熱に浮かされた魂が、すぅっと現実に立ち返るような。そんな言葉の数々。

四票対二票。

「……僕の、負けか」

言葉にしてみると、なぜか、すっきりした。木目とのにらめっこをやめて顔をあげてみると、プリムは水晶のような瞳で僕をのぞき込んでいる。大丈夫？　と聞かれているような気がした。大丈夫。ありがとう。

テックさんは赤黒くなるほどしかめた顔でうなっているし、後ろにいる顔役たちも複雑そうな表情でなにかを話し合っていて、僕は大変なことをしでかしたんだと、今さらながら理解した。

バカで、自分勝手で、ガキで――足りないものがたくさんある人間。プリムの言った言葉。

それは僕のことだ。現実からずっと逃げてきたバカ。

「――レイチェル・タイム」

声をかける。せめて、最後は――プリムの前では、大人でいたかった。大人のふりをしていたかった。

かっこいいとこは見せられなかったけれど、格好つけることくらいは許されてほしい。

「好きにしろよ。僕を。ただし――僕だけだ。いいな？」

「くふ」

レイチェル・タイムは笑った。仮面の笑みじゃない、本当の笑み。うまくいった、と喜ぶいたずらっ子のような、純朴な笑み。

「いいですわね、ここまできれいに勝てると悪役冥利に尽きますわ。だから――悪役らしく、宣言してさしあげましょう」

カウンターの向こうから、手を伸ばしてくる。細い指で、くい、とあごをあげられた。

「あなたはこれよりわたくしのモノ。わたくしの所有物。わたくしのおもちゃ。それではさっそく遊びましょうか」

――わたくしがあなたに飽きるまで。

そんなベタなセリフとともに、僕は彼女のモノになった。

3

がたがたと馬車が揺れる。

草原の中を延びる一本の土の道。幌《ほろ》馬車が二台余裕をもってすれ違える程度の道幅。

ここは帝都の南――帝都の外。

幌馬車の、ふたりがけの御者席で、僕はぼんやりと空を見上げている。本日も晴天なり。草原に吹く風は清涼なり。されど我が心空虚なり。そんな感じ。

「――どうかされましたか？」

と、隣から声をかけられた。

横目で見やると、金髪をゆるやかに風に遊ばせる美少年が、にこりと笑って僕を見ている。その手には手綱が握られていて、幌馬車を引く馬を器用に操っていた。

ウィステリア・ダブル。レイチェル・タイムの従者。

「いや……いい天気だなって」

「ふふ、そうですね。こんな日は、日向《ひなた》ぼっこして眠ると気持ちよさそうですよね」

猫かきみは。しかし、たしかに絶好の昼寝日和に見える。

「寝てもいいんですよ？　寝不足のようですし」

「……いや、いい。この揺れじゃ眠れそうにない」

「でも、ここで眠っておかないと、ついたあとつらいですよ。――この一週間、まともに眠れていないんでしょう？」

一週間。たしかにそうだ。眠れていない。

レイチェル・タイムに敗北したあの日から、まともに眠れていない。忙しかったとかじゃない。目を閉じると、悪夢で目覚めてしまうだけ。

そう、悪夢――負ける夢で。

夢の中で、僕はいろんな料理を作るのだけれど、その料理すべてがレイチェル・タイムの作った料理に敗北するのだ。トラウマにもほどがある。

「……なんで寝てないってわかるんだ」

「見ればわかります。お嬢様も一週間徹夜すると同じようなクマができますし」

「……いいのか？　お嬢様って呼んでも。社長って呼ばなきゃいけないんじゃないの？」

「そうですね。その通りです――でもここにはいませんから」

いいのかそれで。と思わなくもないけれど、まあどうでもいいか。呼び方なら僕よりマシだ。

「それに、ほら。ミスター・カリム――あなただって、ここではお嬢様のことを『あの女』だなんて呼んでいるじゃありませんか」

「……告げ口とかしないよね？」

「ええ、しませんよ。いつなんどきたりとも『敬愛する我が主様』と呼ぶだなんて、かなり厳しいところがあるでしょうし」

「よく考えたら厳しいっていうか痛々しいよな、ただただ痛々しいよなコレ」

呼ぶ僕も――呼ばれるあの女も。敬愛する我が主様って。正気か。正気じゃないか。正気じゃないわ。僕もあの女も前世の記憶あるとか言ってるしな。

「まあ、許してあげてください。お嬢様はいやがらせが趣味なんです」

「いやな趣味だ……」

「生きがいなんです」

「性根が腐ってる……」

というか、

「ウィステリアくん。きみの主人に対する悪態をここまでスルーしていいの？」

「お嬢様がいやな趣味で性根が腐っているのは事実ですから」

「きみ涼しい顔してなかなかなことを言うよね」

たぶん、この美少年も正気ではないんだろう。大丈夫かこの会社。

と、そうだ。

会社――ノックアウトバーガーは会社なのだ。おどろいたことに、レイチェル・タイム所有のノックアウト社が経営するハンバーガーチェーン店という立ち位置らしい。店名考えたやつセンスないよね。あの女のことだけど。

ただし、会社とはいっても株式などないこの世界のことなので、レイチェル・タイムの固有資産で経営されている単なる事業である。

「……ずっと気になっていたんだけれど、レイチェル・タイムもどうしてこんな面倒な方法でやってるんだ？」

「あれ、ミスター・カリムはお嬢様の目的を聞いていませんでしたっけ」

「聞いたから、だね……」

世界征服。ハンバーガーチェーンで世界征服ってよく考えたらすごいこと言っているよね。

「では、おわかりになるかと思います。ミスター・カリムはお嬢様と同郷だというお話ですし、なおさらすぐにわかるのではありませんか？」

「……聞いたのか」

「ええ。私とお嬢様はごみの山で生まれて以来、ずっと共に過ごしてきた仲です。知らぬ道理もありません。あなたもおそらくはそうだ、と聞いています」

「……そうか」

美少年は、薄く微笑んだ。

「正直、私はあなたがうらやましい。ミスター・カリム。私はお嬢様と共に過ごしてきましたが、同じ目線でものを見たことなど一度もありません。しかし――あなたなら、それができる」

「……そんな簡単な話じゃないよ。彼女と僕の知識の量の差は、砂粒と大山くらいの差があるもの」

「そうでしょうね。それは見ていればわかりました――失礼ながら。けれど――それでも、やはりうらやましいのです。私には、どれくらいの差があるかさえ推し測れないのですから。私には、お嬢様と私を比べて測るものさしすらないのです」

ものさし。基準となるもの。比べるために必要な絶対の尺度。

レイチェル・タイムがなにをしようとしているのか、僕にはわかるはずだ――と、ウィステリア・ダブルはそう言っているのだ。

彼女がどうしてハンバーガーチェーンを世界征服の手段に選んだのかはわからないけれど――わからないなりに、なぜわからないかを測るものさしはある。レイチェル・タイムがしようとしていることは、システムの崩壊と再構築だ。ギルドというシステムを壊すために動いているように見える。それがヒントだろう。

「……話は変わるけれど、ウィステリアくん」

「わからなかったんですね」

ヒントがあるからといって解けるわけではないのが問題というものである。くつくつと静かに笑うウィステリアくんに若干イラつきを覚えつつ――僕も僕で心が狭い――僕は、気になっていたことを聞くことにした。

「ウィステリアくん。結局のところ、僕はタイム領に行ってなにをすればいいんだい」

「あなたのお仕事を、ですよ。ミスター。私が私の仕事をするように、あなたはあなたの仕事をすればいい。ですが、まずは――見学をなされればよろしいかと思います」

「見学？」

「ええ。ミスター・カリムは冒険者時代、いろいろな村を回ったと聞いています。みな一様に素朴な暮らしの村だったと思いますが、しかし、これから向かうタイム領カシ村は――きっと、見たことのない光景をご覧になれますよ」

「見たことのない――か」

レイチェル・タイムの所有物となって一週間。さまざまなことがあったけれど、この辞令を受け取ったとき、レイチェル・タイムは僕にこう言った。

『わたくしのキッチンをお見せしますわ。タイム領カシ村――ノックアウトバーガーのセントラルキッチンを』

集中調理施設《セントラルキッチン》。興味がなかったといえば、うそになる。

だけど、到着が楽しみかといえば、それも違う。むしろ、こわい。

「……まあ、こわくても行かざるをえないんだけどね」

ぼそりとつぶやく。敬愛する我が主様のご要望とあらば、連れていかれるのもやむなし、だ。

上を見れば、やっぱりいい天気。死にたくなるほど快晴。

あー、と呻《うめ》いて、僕は硬い木製の背もたれに深く身体を預け、目を閉じた。

「ちょっと、寝てみる」

「着いたら起こしますね」

ウィステリアくんの柔らかい声に見送られて、僕は夢の世界へと旅立った。起きたら一週間前になってないかな、とか思いつつ。しかしながら、当たり前だけど、起きても現実は変わっていなかった。どころか、しかめっ面のおっさんが僕の顔をのぞき込んでいた。

「……」

「…………」

無言の応酬。

よく見れば端整な顔つきのおっさんだけれど、そのしかめっ面が悪いほうに作用して、冷淡な男に見える。だれだこの人。記憶を掘り返してもわからないので、知らない人だと判断した。なんだ知らない人か。

僕は目を閉じた。

「……ぐぅ」

「寝るな」

スパンと頭をはたかれた。痛い——わけじゃないけれど、こう、冷ややかな目線と相まって、説教されている気分になる。

見れば、あたりはすっかり暗くなっており、木製の建物が立ち並ぶ村に到着していた。じゃあ、ここがカシ村か。ウィステリアくんの姿を探すと、馬車を降りたところで若い男となにやら話している。起こしてよ。

と、目の前にずいっとおっさんの手が差し出された。

「ローランだ」

「……はい？」

「名前だよ。ローラン。ここの管理責任者をやっている」

「かんり──あ、村長さんですか。僕は──」

「知っている。マリウス・カリム……だろう？」

知られていた。わーい僕有名人。いや、間違いなくレイチェル・タイムかウィステリア・ダブルが知らせておいたんだろうと思うけれども。

「あと、おれは村長じゃない。管理責任者だ。……そうだな、村長ではないが──工場長と呼ばれることはある」

「工場長……？」

「セントラルキッチンのな。好きなように呼ぶといい」

「はあ……」

「滞在中、よろしく頼む。期待している」

そう言って、ローランさんは離れていこうとしたので、僕は慌てて呼び止めた。

「あ、あの、よろしくって――なにをですか？」

「なんだ。社長から聞いてないのか」

聞いてません。

「あんたの仕事をするんだよ、ミスター・カリム」

「し、仕事？　って、なんですか……」

ウィステリアくんも言っていたけれど、僕の仕事ってなんなんだ。まだ聞いてないんだけど。

そう伝えると、ローランさんはさらに怪訝そうな顔をした。

「あんた、料理人じゃないのか」

「……そうですけど」

「なら、わかりきった話じゃないか。あんたは料理人で、あんたはあんたの仕事をする。ようするに、あれだ」

料理当番、とローランさんは言った。

僕の店、カフェ・カリムがノックアウトバーガーの四店舗めになってしまう――のは、もう仕方がないことだ。未練がないといえばうそになる。どころか未練しかない。時間巻き戻れマジで。でも、現実は非情で、僕にはこの惑星のまわりをぐるぐる飛び回って時間を巻き戻すスーパーパワーはないのだった。

……正直な話、料理以外がよかった。圧倒的な実力の差を見せつけられた人間は、奮起するか、諦めるか、絶望するかのみっつの選択肢からひとつを選ぶことになる。

例えば部活。バスケが上手なやつがいて、自分では到底追いつけないくらい才能があるとして。

そこで、それでも追いつこうとがんばって、努力を惜しまないのか。

それとも、諦めてなあなあで部活を続けていくのか。

あるいは――絶望しバスケをやめてしまうのか。

僕はふたつめを選ぶタイプの人間だ。なにごとも中途半端で、なにごともなあなあで。けれど、今回ばかりはみっつめの気分だった。自分でもおどろいたことに――僕は僕が思うよりもずっと、料理が好きだったみたい。だからこそ絶望して、だからこそもうやめたくなっていた――のに。

「ま、お嬢の考えることなんて気にしても無駄ッスよ。どうせいやがらせなんで」

と、明るい茶髪の青年が笑いながら言った。

彼はエノタイドくん。僕にセントラルキッチンの案内をしてくれるそうだ。

「ただ、まあ……いやがらせにしか思えないことでも、案外意味があったりするんで、きっちり考えていかないとなんスよね」

「……いや、単なるいやがらせでしょ、これは。僕はあの女のおもちゃらしいし、うん」

控えめに言って最悪だ。底意地が悪いどころではない。

料理当番。料理当番だって？　あそこまで完膚なきまでに叩きのめしておいて、任じる仕事は――料理当番。どうかしている。

「右手をご覧ください。家です。――というかお嬢は一緒じゃないんッスね。ちょっと残念ッス」

「うん、家だ。木造の。見ればわかる。――レイチェル・タイムは貴族で、家族として認識されている従者のウィステリアくんが外にいるからね」

帝都にいなければならない人質法。それによって、レイチェル・タイムとウィステリア・ダブルは同時に帝都を出ることができない。

家族を増やせばいいのに――と思うけど、〃斑髪〃の結婚となるとそう簡単にはいかないだろう。

「左手をご覧ください。家です。――まーでも、ちょっと残念な反面、ありがたいッス」

「うん、家だ。木造の。見ればわかる。バカにしてんのかおまえ。――なんでありがたいの？」

この村は、道も家々もよく整備されていて、どこか新しい印象を受ける。レイチェル・タイムの手が入っているのだろう。

「じゃあ正面をご覧ください。セントラルキッチンです。――いやがらせされるんで」

「うん、セントラルキッチンだ。レンガ造りだね。っていうかデカいな。村に入ったときから見えてたけど、デカいな。――いやがらせって、本当にこう……あの女はブレないんだな……！」

まわりの木造の建物とは全然違う。レンガを組み上げて形成されたその威容には、どこか既視感を覚える。レンガ造りの建物は、帝都にだってある。けれど、これは――そう。

「工場みたいだな」

具体的にいうと、地球世界の一九〇〇年代アメリカとかにありそうな工場。同じ構造の三棟がぴしっと横並びに形成されていて、なおさら工場っぽい。

へへ、とエノタイドくんは得意げに鼻をこすりながら、

「ま、村って言ったって大したことはないんッスよ。あの工場以外には。この村はあの工場が中心で、俺らはそのまわりの社宅に住んでるだけなんで」

「え、社宅だったの？　あの家――まさかぜんぶ？」

「そうッス。ぜんぶ社宅。だから、この村の案内ってことは、つまり、あのセントラルキッチンの案内ってことになるわけッスね」

「……なるほど。それで見学、ね」

さしずめ工場見学。ウィステリアくんが、見たことのない光景と言っていたことを思い出す。

そりゃそうだ。この世界で初のセントラルキッチンなのだから。

そして、遅ればせながら、僕はようやく気づいた。

この村は――セントラルキッチンのある村なんかじゃない。

この村そのものが、セントラルキッチンのためにあるんだ。

「んじゃまあ、あらためて――ようこそ、ミスター・カリム」

得意げに――誇り高く、エノタイドくんは言った。

「おれたちのセントラルキッチンへ」

工場の中へと案内されて、僕はさらに驚愕《きょうがく》した。

その光景を形容する言葉を、僕はひとつしか知らない。

『効率的』――レイチェル・タイムのセントラルキッチンは、ただその一言で表すことができる。

「三棟ある建物のうち、ひとつはパン製造、ひとつはパティ製造、最後のひとつがそれらを冷凍、出荷するための総合管理倉庫ッス。とりあえず順番に回っていくッスね」

「順番？」

「作業工程の順番ス。まずはアレ」

エノタイドくんが指さした先にあるのは、幌馬車だ。僕が乗ってきたような。

「領内、領外を問わず、材料を運び込むんス。小麦、トマト、肉……このあたりでは作ってないッスからねー」

「作ってない？」

そういえば、この村には畑も牧場もない。牛も見ていない。馬は数頭見たけれど。

普通、こういった貴族領の土地は、税として作物や肉を領主へ納めることになる。自分たちで食べるぶんと税。そして、余剰作物を保存食、あるいは商人へと販売する。毎年、それを繰り返すのが農村だ。

小麦や野菜を買った商人は、近くの町へとそれを販売しに行く。各町の担当ギルドへと食材を卸し、ギルドがそれを売ることで、非生産職の人びとはご飯にありつける仕組みだ。

「というか、ここには村はなかったんスよ。作物を育てた畑もないし、開墾もされてなかった」

「……本当に、セントラルキッチンのためだけに作られた村なんだな、ここは」

「そうそう。連れてこられたときは困惑したッスけど、住めば都っていうか。おれは畑仕事よりこっちのほうが向いてましたし」

「連れてこられた？　ああ、出稼ぎか……」

おそらく、もともと住んでいた村から労働力として駆り出されたのだろう。

しかし、そうなるとエノタイドくんがもともと住んでいた村は、労働力を失ったことになる。故郷は大丈夫なのだろうか。そう聞いてみると、

「いや、違うッス」

彼は笑顔で言った。

「ここにいるみんなは、もともと難民なんスよ」

「な――難民？」

笑顔と単語とのギャップに、面食らってしまったけれど、難民――って言ったよな、いま。

「故郷は大丈夫かって聞いてくれましたけど、大丈夫じゃないッス。村はもう跡形もないッスから」

「……それ、僕が聞いてもいい話なのか？」

「ああ、大丈夫ッス。トラウマとかじゃない――わけじゃないッスけど、自分の中ではもうおさまりついてる話なんで。むしろ、いいッスか？　こんな辛気臭い話しても」

「……うん。聞きたい」

エノタイドくんは笑顔のまま、三棟ある建物の、一番東にあるものにむけて歩き出した。

「仕入れた小麦はパン――バンズにするッス。見学がてら、聞いてください。この村がどうやってできたかを」

そして語る。

村はたやすく滅ぶ――と。

飢饉《ききん》で。災害で。戦争で。

大局的に見ればほんの小さな災厄であっても、ほんの小さな村にとっては等身大の災厄だ。

「おれのところは、バッタだったッス。見たことあるッスか？　バッタの大群。空一面に黒い雲みたいになって飛んできて、なにもかも食い散らかしていくんスよ。その年は、ただでさえ収穫が少なかったのに――」

なにもかも。

それは、畑で育てていた作物という意味だけではなく、文字通りのすべて――。

「木で作った家は全滅したッス。おれのところ、屋根はほとんどかやぶきだったんスけど、そこから食い破られて、家の中も――それこそ貯蔵庫まで、全部やられたッス」

バッタの群れが見えた時点で、村で唯一のレンガの建物に逃げ込んだ。村長の家だったそうだ。

「村長の家の中で震えながら、黒い嵐が去っていくのを待ってたんスよ。みんなで――いや」

正確には、みんなじゃないんスけどね。エノタイドくんは、そう言って苦笑した。

「逃げ遅れた家族がいたんス。ロウェルとメルマの夫婦に、小さな女の子のシウィ。普通のバッタは人を食わないッスけど、やつらは――魔獣化してたッス」

魔獣化。強い魔力を帯びた生物は、魔力に対する耐性がなければいとも簡単に変質し、狂う。エノタイドくんの故郷を襲ったバッタは、運の悪いことに、それだった。雑食どころか、悪食だ。食えるものはなんでも食うし、食えないものでも無理やり食う。

父親ロウェルは火のついたたいまつを振り回し、妻と娘を必死に守ろうとしていたそうだ。だが。

「たいまつは炎ごと食いつくされ、ロウェルとメルマとシウィは――わかるでしょ？」

バッタの群れが去り、外に出たエノタイドが見たのは、三体の白骨。

更地同然になった村と、根まで食いつくされた畑。そこかしこに落ちる大量の糞《ふん》。

「最悪だったのは、井戸ッス。勢い余ったバッタが飛び込みまくって、使えるもんじゃなくなってたんスよ」

途方に暮れたという。食い物は備蓄まで含めて全滅。井戸も使えなくなって、税を納めることどころか明日から生きていくこともできない。絶望した。終わったと思った。死のうとも、思った。

けれど、

「そこに来たのが、あの〝斑髪〟のお人だったッス」

レイチェル・タイム。そして、彼女の傭兵時代からの部下たち。

エノタイドくんはまったく興味がなかったので知らなかったらしいが、バッタの発生前に、レイチェル・タイムがエノタイドくんの住まう土地の新たな領主となっていたのだ。

貴族として旗揚げした直後──爵位を金で買った直後のこと。

「社長は言ったッス。絶望してるおれらに、やさしい笑顔で──」

あの女の口調を真似て、エノタイドくんは言った。

「『遅くなって申し訳ありませんわね。バッタの群れは、わたくしの優秀な部下が焼き払いに行っているところですわ。間に合わなくて、ごめんなさいね』って。それから、『絶望しているところ、ついでにもうひとつ、申し訳ない話がありますの。このままだと、税が払えないでしょう？だから、選んでくださいな。その身ひとつで領地を追放されるか──あるいは、わたくしの野望のための歯車になるかを』って」

どちらを選んでも、昔の暮らしには戻れない。

でも、それは──選択を与える体で行われた脅迫だ。

結果としてエノタイドくんと村の人びとは、幌馬車に揺られて、ここに来た。このセントラルキッチンに。

「カシ村は、セントラルキッチンそのものッス。従業員に、従業員の家族と、その全員が暮らすための居住区。畑がない村なんて見たことなかったッスけど、それでもどうにかやってきて――いまでは、社長を選んでよかったと思ってるッス。社長にとっては歯車かもしれないッスけど、それでも――あの場で立ち尽くしているよりは、ずっといい」

僕が、その言葉に対して、なにかを言おうとしていると――つまり、なにも言えずに押し黙っていると、唐突に、おっ、とエノタイドくんは声をあげた。

視線の先にあるのは、壁際に作られた大量のパン焼き窯と、そのまわりでせわしなく作業する、おそろいの作業着の人員たち。

「ちょうど、焼きあがりのタイミングっぽいッスね。せっかくなんで焼き立て食いましょうよ。おうい、ちょっといいッスかー？」

エノタイドくんは手を振りながら近づいていく。陽気な彼の背中を見ながら、僕は――ひどいことを考えた。邪推も邪推。あまりにもひどい想像で、そんなことを考えてしまう僕は、ひどいやつだと思う。

それでも、考えてしまった。

もしかしたら、レイチェル・タイムは遅くなったのではなく。

セントラルキッチンでの労働力を確保するために――遅く行ったのではないかと。

首を振って、否定する。ばかばかしい。いかにあの女が外道であっても、そんなことをするとは思えない。思いたくない。けれど、どうしても。彼女が、わざと遅れて行ったんじゃないかという、いやな思い付きが、頭から離れなかった。

焼き立てのバンズは、香ばしくて、ほのかに甘みを感じた。

「おれは歯車ッスけど、歯車にならなきゃ、こうして白いパンを食うことなんて一生なかったんでしょうね」

エノタイドくんはそういって、おいしそうにバンズをかじった。

「……でも、なんでこんなふうに膨らむんスかね。不思議ッスねー」

「酵母菌が炭酸ガスを生み出して、それを小麦粉のグルテンが抱えて生地に気泡が生じ、熱を加えて生地が固まり、ガスが抜けたあともそのまま気泡が残るからだね」

「へー。よくわかんないッスけど、つまり魔法ッスね」

「よくわかんないどころか、なにもわかってないなきみ。まあいいけど」

目線の先には、大量のパンを焼きあげるための、大量のパン焼き窯がある。

「案内の続きをするッスけど、まあ見た通りッス。魔術符駆動で、毎朝火を入れてから、時間の許す限りパンを焼き続けるッス」

「……ひとつひとつの窯に魔術符を？　高くついただろうに。成金め。なんで一括管理にしなかったんだ？」

「壊れたときのためらしいッスよ。ひとつ壊れても、ほかの窯で賄えるようにって。……あ、そうそう。ここにはざっくり三種類のスタッフがいるッス」

「三種類？」

「材料を搬入し、生地を練り上げ、一晩寝かせる『生地スタッフ』。寝かせた生地を片っ端から焼いていく『焼きあげスタッフ』。それらの工程を管理して、出来あがる数や搬入する材料の量、横にあるふたつの施設とのすり合わせをする『マネジメントスタッフ』ッス。本当はもっと細かく分かれてるんスけどね」

「分業してるんだ……どこまでも効率的だなぁ」

「で、マネジメントスタッフの一番上が、工場長ッス。その上はウィステリアさんなんで、この村の事実上のトップはローランさんッスね」

「へぇ。……あ、そうだ。そういやあの美少年って、男なの？　女なの？」

聞くと、エノタイドくんが驚いて僕を見た。

「え、わかんないんスか？」

「……まあ」

「えーマジッスか。うわー。えー。うわー。えー。ないわー。うわー」

「うん、あの、そこまで引くことかな」

「どんな目してんスか。節穴ッスか。しかも、何日かかけてここまで一緒に来たのにわかってないとか、うわー」

うわー、じゃないよ。

「ないわー」

ないわー、じゃないよ。悪かったな目が節穴で。

けれど、エノタイドくんのいうことにも一理ある。僕の目はいつだって節穴だ。そんなのだから、レイチェル・タイムの企《たくら》みもわからない。

「……え、あの、なんかめっちゃ傷ついてないッスか。冗談ッスよ？」

「ああ、うん、別にいいんだ。どうせ僕の目は節穴だから……ふふ」

「この人クッソめんどくせえタイプッスね……!?」

よくわかったな。そうです。

日が沈み始めても、セントラルキッチンでの作業は続いていた。驚いたことに、光術符を使った照明機能が工場に導入されていたのだ。帝都なら、貧民円街を除けばどの家庭にも導入されているし、街灯だって煌々《こうこう》と輝いているけれど、農村は違う。暗くなれば仕事を止めて寝る。明るくなれば起きて働く。そういう場所なはずだ。

カシ村。

ここは、異質だ。おかしい場所だ。

冒険者時代、僕が回ったありとあらゆる農村と違う。無機質で、温かみのない光に照らされた、セントラルキッチンのためだけに存在している村。

「……狂ってる」

　思わず漏れた言葉に、エノタイドくんは怪訝そうな顔をした。

「なにがッスか？　照明なんて、帝都には腐るほどあるって聞きましたけど」

「そりゃそうだけど、ここは帝都じゃないだろう。それなのに、こうして——労働時間を引き延ばしている。おかしいと思わないの？」

「え、超便利じゃないッスか、明かり」

　そう言われてしまうと、返す言葉もない。

「むしろ、こんな便利なもの、帝都にしか流通してないってのがおかしなハナシなんスよ。おれらは暗くなったら畑仕事やめて晩メシ食って寝て、明るくなったら起きだして畑仕事して、昼メシ食ってまた畑仕事する生活をしてたんスよ。なんでかわかります？」

「……明かりがないから？」

「そうッス。でも、ここでは夜でも明かりがついていて働けるんスよ。一日二食だったメシも、三食になったッス。時間が延びたから、そういうことができるようになったんスよ」

「だからって、ずっと働かなくてもいいじゃないか。もう夜だぞ」

　労働基準法を無視している。この世界にはないけど。

「交代制でやってるッスから、それほど長い時間働いているって感覚はないッスけどねぇ。それに、おれたちが畑仕事やってたころに比べれば、ぜんぜん屁《へ》でもない仕事ッスから。むしろ、みんなもっと働きたいって言ってるッス。もっと働いて、もっと金稼いで、もっと出世して――ゆくゆくは、別のセントラルキッチンの管理責任者になるんだって」

「別の？　別のセントラルキッチンがあるのかい？」

「できるらしいッスよ。聞いた話ですけど、帝都の店が調子いいから、このままいろんな街にガンガン広げていくつもりらしいッス」

いくつもりらしい――。きっとエノタイドくんの上の、ローランさんやウィステリアくんのような、いわゆる経営にまで食い込んでいる人の言葉なのだろう。レイチェル・タイムは、どんどん広げていくに違いない。いずれはこの国全土を飲み込む勢いで――。

「……世界征服、か」

彼女の目的。子供の夢じみた最終到達点。

大陸中に赤と黄色のロゴが広がる光景を想像して、一瞬、身震いした。

「――じゃ、次のところに行くッスよ」

エノタイドくんは、てくてくと歩を進める。

彼は、なにも不思議に思っていないようだ。このいびつさを。

だから、言いたくなった。僕の中にある奇妙な焦りのようなものを、ぶつけたくなってしまった。言わなくていいことを、きっと彼には言うべきではないことを、言ってしまった。

「レイチェル・タイムは悪党だ。信用しすぎると、いつか、痛い目を見るよ」

エノタイドくんは、さすがに——これまでも、僕の物言いに不快感があってはいたんだろうけれど、今回はさすがにしっかりといやな顔をした。

「なんスかそれ。どういう意味ッスか」

「そのままの意味さ。あの女は、きみたちを使い潰すつもりだ」

けれど、一度しゃべりだすと、僕も止まれなかった。堰《せき》を切ったように、口から言葉が流れ出していく。

「きみたちのやっている仕事はオンリーワンじゃない。だれにでもできることだ。好条件をちらつかせて、酷使して、使えなくなったら交換するだけ。光術符と一緒だよ。切れたら交換、切れたら交換——その繰り返しだ」

幾人かの作業員たちが、僕らのやりとりを立ち止まって聞き始めている。ここはアウェイだ。きっと、反感を食らう。それでも、言いたかった。言わないと、僕が僕自身を保てない気がしたから。

「働いて働いて、それで昇格できるならいいさ。でも、できなかったら？　一生ここで使われて、まともに働けなくなったら交換される——そういう仕組みだったら？　きみたちは、ただ延々とレイチェル・タイムに労働力として搾取されるだけの存在だとしたら、どうする？」

だれも、なにも言わなかった。

正面のエノタイドくんは、やはりいやそうな顔で、周囲を見回した。

「……はあ。だれも言わないってんなら、おれが言うッスけどね。ったく、ボンボンの案内役なんて引き受けるんじゃなかったかな」

頭を掻《か》いて、エノタイドくんは言った。

「社長に搾取される。なるほど、そうかもしれないッス。でも――それって、おれらが畑仕事やってたときと、どう違うんスか？」

――それは。答えに詰まった。

「おれらは生まれた場所がすべてなんスよ。どっかの貴族の領地で生まれたら、生まれた瞬間に戸籍は領主の預かりになるんス。だから、その村で一生畑耕して生きていくしかないんス。自分の戸籍を領主から買い戻さないと領地から出ることすらできないのに。戸籍を買うのには現金が必要ッスけど、おれらが手に入れられる現金は、税の余りの収穫物を商人に売って手に入る程度のものッス。これじゃあ、一生働いたって戸籍は買い戻せない。こっちのほうが、いびつで、おかしくないッスか？」

エノタイドくんは続ける。静かに。けれど、言葉の中にたしかな熱量を込めて。

「おれらは、戸籍を領主に預けたつもりなんてないッス。ただ、その領地で生まれただけなんスよ。なのに、おれらはそこで生きていくしかなくて、そこで働くしかなくて、そこで税を納めるしかないんス。おれ、学がないから、あんまり良い言い回しが浮かばないんスけど――それこそ、アンタの言う搾取じゃないんスか？」

エノタイドくんは両手を広げて、作業員のみんなを示した。

「おれだけじゃないッス。みんな、どうしようもない理由があって、ここに来たッス。死ぬしかなかったところを拾われて、ここに来たッス。たしかに、おれらはまだ搾取される側なのかもしれないッス。希望をちらつかされて、そこにすがろうとしているだけなのかもしれないッス。けど、畑仕事してたあのころは、その希望すらなかったんスよ」

そうだ、おれもだ、わたしは社長に救われたんだ——と、賛同する声が周囲から続く。囲まれている僕は、いたたまれなくなって、消えてしまいたい気分だったけれど、そんな都合のいい逃げ道はなかった。自業自得だけれど。

「このまま働いて、二年もすれば戸籍を買うだけの現金がたまるッス。アンタのいた帝都と同じように、ここじゃ、給料は金で支払われるッス。昇給しなくとも、おれらは自由を目指すだけの希望があるんスよ」

「……金がすべてじゃないだろう」

なんとかひねり出した、反論にもなっていないような言葉は、エノタイドくんの寂しそうな言葉に、たやすく吹き飛ばされた。

「それは——金のあるやつの発想ッスね」

……最近、似たようなことを言われなかったか。そうだ。ハーマンだ。彼はたしかこう言った。

『ケンカ売ってんのかテメェ。そりゃ、生きていくために最低限の金を稼げてるやつの発想だ』

そして、彼はまた、この村の人びとと同じように、希望を掲げていた。

社長になる、と。

鎖の数だけ、他人の何倍も、だれよりも幸せになってやると。

——ああ、そうか。彼らの共通点が見えた。それは、生きていることだ。

生きようとしていることだ。

僕のように、特に苦労もなく生きてきた人間と違って——いまを、必死に生きている。

そう気づいたとき、僕は——わかった。ようやく、わかった。

レイチェル・タイムもまた、彼らと同じなのだ。

ゴミ山の片隅で生まれたという彼女が、どんな生活をしていたのか、僕には想像もできないけれど——彼女は、ただ成功しただけではない。いまも、それ以上を目指している。

どんな苦境であっても、生きている。生きていく。

必死なんだ。彼女は、僕なんかよりもずっと。勝てるわけがなかった。

だって、彼女は——いつだって、命がけだったんだから。

僕がかけたものは、せいぜいちっぽけなプライドくらい。

勝負にすら、なっていなかった。

「——おい、なにをしている」

そこで、人の輪の外から声がかけられた。渋い男性の声。

「まだ終業時間前だぞ。明かりがついているうちはちゃんと働けよ——と、なんだ。アンタか」

割って入ってきたのは、ローランさん。彼は、周囲を一瞥《いちべつ》して、さっさと戻れ、と言い放った。

蜘蛛《くも》の子を散らすように人々が持ち場に戻っていく。

「エノ。おまえ、問題は起こすなって言っただろ」

「……すいませんッス。でも、これはおれらの誇りの問題ッスよ」

「バカ野郎。誇りで飯が食えるか」

「……うす」

「案内はもういい。今日はもう上がれ。頭冷やしとけ」

「……すいませんでした。カリムさんも、すいませんでした」

「……いや、いいよ。悪いのは、僕だから」

そうだ。だいたいのことは——いつも、僕が悪い。

そのあと、エノタイドくんは建物の外へと出ていった。家へと戻るのだろう。残された僕に、ローランさんが言った。

「晩飯、食ったか？」

「……さっき、パンをいただきました」

いきなりなにを言い出すんだと思ったけれど、あとから考えると、たぶん、見るからに落ち込んでいた僕を見かねたんだと思う。

「じゃあ満腹ってほどじゃないだろう。せっかくだ。明日からと思っていたが、仕事を頼みたい」

「……料理当番をですか？　なにを作れっていうんですか」

「社長からは、こういわれている。『栄養のバランスがよくて、おいしくて、労働者のためになるものを』――だとさ」

「……わかりました。どこでやればいいんです」

「三番棟に食堂がある。そこでやってくれ。あと一時間で仕事上がりで、それから晩飯食いに来るやつが多いから――五十人前ってところか」

「ごじゅ……そんなに!?」

びっくりしてしまった。カフェ・カリムの一日分のお客さんだって、そんなにはいない。

「もちろん、ひとりじゃねえ。サポートはつけるし、うまいこと動かしてこなしてくれ。社長がいる日は社長がやってくれるんだがな。それとも――アンタにゃ荷が重いか？」

そう言われると、さすがにむっとした。僕をノせてやる気にさせようとしているんだろう。いいさ。ノってやる。僕のちっぽけなプライドを、かけてやる。

「わかりました。すぐに取り掛かります」

「そうか。頼んだぞ」

あっさりとそう言われ、ローランさんに連れてこられた先は、広い食堂。五十人前と言っていたけれど、席数はその倍はあるように見える。

調理場には、年配の女性が何人かスタンバイしていた。彼女らが手伝ってくれるのだという。

制限時間は一時間。持参した包丁を手に取れば、柄が吸い付くように手になじんだ。

——そして、脳裏に敗北の記憶がよぎる。

ああ。そうさ。負けたさ。けど、それがどうしたっていうんだ。

いやな思い出を振り払って、僕は顔をあげた。目の前には、肉と野菜と調味料、それから焦げたバンズが並んでいる。輸入した食材の切れ端や余り。店では出せないものを、この食堂で有効活用しているわけだ。いまの僕には、ぴったりの調理場。自嘲ぎみにそう思った。

それじゃ——始めようか。

大勢のために料理を急いで作らないといけないときは、可能な限り、ひとつの料理に対する作業工程を減らすことが大事だ。

ハンバーグを例に挙げてみよう。成形までの作業はまとめてできるけれど、成形からは別だ。焼きあげも、大きな鉄板を使えばかなり時間を短縮することができるけれど、それだってひとつひとつひっくり返していかなければならないことに変わりはない。つまり、ハンバーガーの材料があるからといって、安易にハンバーガーを作るのは得策ではない、ということ。

では、この場においてはなにを作るべきか。

「汁物を作ります。パンは、焦げがひどいところを切り落としておいてください。ミンチ肉はパティと同じ要領で練っておいてください。味付けも塩コショウで結構です。野菜はあるものを一口大に切って、皮とかはよく洗ってからこっちに回してください。それと、肉があるんだから、牛骨もありますよね？　それもこっちに回してください」

　おばちゃんたちに指示を飛ばすと、彼女たちは予想以上に迅速に対応してくれた。

「社長が来ると、けっこう好き勝手にこき使ってくれるからねぇ。慣れてるよ、このくらいは。なんならもっと言ってきな。やってやるから」

　頼もしすぎる。

　ともあれ、時間が増えるわけではないので、僕も全力でやっていく。まずは回ってきた牛骨――「いまからダシとってたんじゃ間に合わないよ」と言われた――の中の一本を手に取る。地球ではあまりなじみのない食材だった。

　ＢＳＥ《牛海綿状脳症》。牛の脳をスポンジ状にしてしまうという、聞くだけだとなにかスタンド攻撃じゃないかと思うようなこの病気は、なんと人間にも感染の恐れがある。その媒体となる部位はいくつかあるけれど、脊椎もその一部だ。テールスープや牛骨スープが流行しなかった理由が、ここにある。もちろん、お店で提供される場合、安全を確認された牛のものを使っているのだろうけれど、ただ『牛骨である』というだけで忌避されがちになってしまい、お客のほうから敬遠してしまったという背景がある。

　同じようなことは、ほかにもあった。食中毒を多発させたレバ刺しなんかは、僕が学生のころの話だっただろうか。レイチェル・タイムは安全性を確認したうえでレバーペーストの使用を決めたといっていた。村人を実験体にして。

では、この世界でも牛骨は危険なのかというと、そうではない。帝都を含む多くの地域では牛骨はかなりメジャーな食材で、伝統食の一種にも牛骨のスープがある。少なくとも帝国なら、牛骨スープは使っても問題ない部類の食材だ。

でも、ダシをとる時間がないという指摘は、まったくもってその通りだ。だから、裏技を使う。

まず、熱湯に骨を入れる。数分で湯から上げて、キッチンに置いてあったバカでかい包丁の背で叩き折る。ガッチガチに硬いので、久々に魔力を身体に回して身体強化の真似事《まねごと》までした。それから、骨の内部にある骨髄をスプーンで掻き出す。

牛大腿骨《だいたい》の骨髄――モアロ。

ここからは、非常に濃厚なダシが出る。もちろん、骨ごと煮出したほうがおいしいんだけど、時間がないならないで工夫すべきところだ。ばらけないように綿の袋に入れて、さらにそこによく洗った玉ねぎの皮、ジャガイモの皮、キャベツの芯などの野菜くずも入れていく。捨てられてしまう部位にも、うまみは残っている。

出来あがったのは、即席のダシ袋。これを鍋の中に入れて、湯を沸かす。二十分ほど灰汁《あく》をとりながら煮出すと、黄金色のスープが出来あがった。

「ふぅん、あんた、なかなかやるわね」

おばちゃんのひとりがツンデレみたいなセリフで褒めてくれた。

「これで生計立ててましたからね、いちおう」

潰したトマトを大量に入れれば、黄金色のスープが真っ赤に染まった。ここで一度味を見て、塩コショウで味を調える。火の通りにくい野菜から順に入れていく。練ってもらったパティを手にとり、親指と人差し指でわっかを作り、握りしめるようにして押し出せば、肉団子になる。それの表面に小麦粉をまぶして、一度油で揚げてから、スープに投下していく。表面を揚げることで、中で煮くずれしにくくなるし、うまみも閉じ込められる。量はとにかく多めに作っておいた。八十人分近くはできたはずだ。おかわりも十分できるはず。概算だけど。

これで一品。パンはそのままスープにつけて食べるようにすればいいとして、

「スープとパンだけじゃ寂しいな……」

残りは十五分。いけるか？　レイチェル・タイムの指令では、栄養価のことにも言及していた。だから、

「卵、用意してください。付け合わせにゆで卵を作ります」

あいよー、やっとくよー、という威勢のいい声とともに、手際よく鍋と卵が用意されていく。あとは――なんだっけ。栄養のバランスがよく、おいしくて、労働者のためになる料理――。労働者のためになる、という言葉が、妙に引っかかった。

労働者のためになる。彼らは長時間働いて、疲れ果てて、けれど明日も仕事を抱えてここに来る。ふと脳裏によぎるのは、エノタイドくん。彼は労働者だ。明日に希望を持ち、毎日を必死に生

きている労働者。働くことだけが生きることじゃない、とは思う。でも、それは——きっと、働かなくても、最低限の保障がある環境で育った、僕だから思うことなんだろう。彼らにとって、職を失うことは、死ぬことだ。

毎日を生きている彼らに、必要なもの。それが労働者のための料理。労働者といえば、カフェ・カリムの常連たちも、仕事終わりに来ていたんだったか。彼らは、日々の愚痴を言いあいながら、それでもこれからどう働くかを相談しあい、騒いでいた。その傍らには、いつも——あれがあった。ここにあるかはわからない。でも、きっとある——と思う。あの女なら、如才なく用意していると、僕の貧弱な想像力でも予想できた。

考え込んだ僕を、手伝いのおばちゃんたちは、なぜか緊張の面持ちで見ていた。

「……あの」

考えていても仕方がないので、僕は聞いてみることにした。

「ここ、酒っておいてありますか？　エールとか」

おばちゃんたちが、なぜか嬉しそうに、

「あるよ。さ、配膳しようか」

と笑った。

がやがやと食堂に活気が満ちる中、一足先にやってきたローランさんが、合格だ、と僕が作ったごはんを食べつつ、言った。

「味も申し分ないし、栄養価もまあ、及第点だろう。ばあさん連中が知らない技術も見せてくれたようだし、そのままいくつか帝都で使っているような技術を教えてやってくれ。知ってるメニューが少ないうえに、材料もワンパターンだから、どうしても単調になっちまうんでな」

ぐい、とエールを飲んで、ローランさんは無表情だけれど満足そうに息を吐いた。

「なにより、これだ。意地の悪いテストで悪かった。社長から酒を隠しとけって言われてたんでな」

「らしいですね」

そう。僕は、試されていたのだ。労働者のために、エールを……つまり、嗜好品《しこう》を用意できるかどうかを。おばちゃんたちが緊張の面持ちで見ていたわけだ。

「一日の活力ってわけじゃねえが、料理に一杯これがついてるだけで、おれたちは元気になれる。そんで、いい気分で家帰って横になって、こう思うのさ。『今日はよく働いた。明日もがんばって働こう』ってな」

ちら、とこちらに目線をくれる。気を遣ってくれているんだ。この人は……大人だ。レイチェル・タイムが管理責任者を任せるわけだ。だったらいまは、その気遣いに甘えよう。

「エノタイドくん、どこにいますか？　ちゃんと謝罪したいんです」

さっきは言えなかったから。

「あいつはいつも、右端の列で食う。まわり、バカが集まりがちだから気をつけろよ」

「ああ、それなら大丈夫です」

笑って言う。

「僕もバカなんで」

違いないな、とローランさんは薄く笑った。

歩いていくと、まわりから、微妙な目線をもらう。さっきの、エノタイドくんとのやりとりを見ていた人たちだろう。仕方のないことだけど、やっぱりいたたまれない。でも、いたたまれないなりに、僕は前に進んでいかなきゃいけないんだ。

エノタイドくんは、僕に気づくと、気まずそうな顔をした。

「……どもッス」

「あ、うん。さっきぶり、だね」

きっと、僕も同じように、気まずい顔をしていることだろう。彼の周囲では、労働者仲間が身構えている。一触即発、みたいな雰囲気だ。僕がなにか物申しに来たように見えるんだろう。

「……飲んでるかい？」

「え？　あ、はい。いただいてます」

「そっか」

沈黙。

ふと、前世のことを思い出した。小学校のころ、喧嘩した友達と三日間ずっと気まずいままだった。あれはどっちから謝ったんだっけ。どっちが悪かったんだっけ。忘れてしまったけれど、いまはとにかく僕が悪いし、僕はもう子供じゃない。――少なくとも、大人になりたいと、そう思う。

「エノタイドくん。さっきは――ごめん。きみの……きみたちの希望を汚したことは、許されることじゃないけれど、それでも、ごめん」

頭を下げると、エノタイドくんは、うぇえ、と妙な声をあげて慌てた。わかりやすい。

「あ、頭をあげてくださいッス！　そんな、気にしちゃいないッスから！」

「……本当に、申し訳なかった」

「ああもう、本当にめんどくさい人ッスね、アンタ！　もう……じゃあ、一個だけ言わせてもらっていいッスか？」

どうせなにか言わなきゃ満足しないんでしょ、とエノタイドくんは口を尖らせた。

「これ！　このスープ！」

「……口に合わなかった？」

「うまいッス！　ダシも味付けも絶妙だし、肉団子はじゅわっと肉汁があふれてうまいし、野菜にもしっかり味が染みていて、超うまいッスよ！」

ほほを膨らませて、エノタイドくんは言った。

「こんなにうまいのにおかわりが一回だけなんて、ひどいッス！」

ぶふ、とだれかが噴きだして笑った。それにつられて、まただれかがくっくっと笑う。笑いは伝染していって、次第にみんなが笑い始めた。

「な、なんで笑うんッスか？」

エノタイドくんは顔を赤くしてみんなをにらむ。それに対して、ころころと鈴の音のように笑う美少年が、歩み出て応えた。

「あなたが良い人で、素直だからですよ。そこまで素直だと、逆にちょっと心配です」

笑い声の中で、美少年――ウィステリア・ダブルがエールの杯を掲げた。

「さて、いつもは一杯だけですが、私が許します。みんな、もう一杯飲んでいいですよ。私の奢《おご》りです」

歓声が、笑い声を打ち消した。みんながエールの杯を持って調理場のカウンターに並んで、新しい一杯を注いでもらっていく。外はもう暗くて、ふつうの農村ではみんな寝ている時間だけれど、カシ村ではまだ騒ぐ時間帯だ。帝都のように。帝都よりも元気に。

「さあ、みんな持ちましたね？　では――おいしい料理と、素直な若者に！　乾杯！」

みんながエールの杯を高く持ち上げて、それから、一気に飲み干した。ダン、と飲み干したエールの杯をテーブルに叩きつける音が続く。最後のひとりが音を立てて叩きつけると、わあっとみんなが沸いた。

セントラルキッチンは毎日稼働している。ほろ酔い気分の労働者たちは、自分の寝床へと戻っていく。明日も働くために。明日も、その明日も。そんな毎日の積み重ねが希望に届くと信じて。

僕は調理場に残って、テーブルを拭いていた。テーブルをきれいに拭いたあとは、食器を洗って……やることはたくさんある。疲労を感じつつ、同時に――僕は、充実を感じていた。

「どうでしたか。初日から盛りだくさんだったようですけれど」

「……ウィステリアくん」

「片付け、終わりそうですか？　少しお話があるんですが」

「いや、まだ少しかかりそうだけど……」

そこで、調理場のほうから「行っといで！」というおばちゃんの声が届いた。どんな地獄耳だ。

顔を見合わせて苦笑しつつ、お言葉に甘えることにした。

「外へ行きましょう。このあたりは星がきれいに見えるんです。帝都もきれいですけれど、なんというか、あそこは――埃《ほこり》っぽいでしょう？」

いたずらっぽく笑って、ウィステリアくんは僕の手を引いた。

ウィステリア・ダブルという美少年についての情報は、ある意味、レイチェル・タイムよりも少ない。生まれたときからの付き合いである、とは本人から聞いているけれど、だからといって、それがすべてというわけではないはずだ。

いわば、彼のオリジン。彼の本質とは、なんなのか。

「お嬢様がいうには、帝都もじゅうぶん空気がきれいなんだそうですけれど、やはり、ここほどではないように思いますね」

ウィステリアくんは、工場前の階段に腰かけて言った。

「……僕とレイチェル・タイムが前世でいたところの空気は、埃っぽいなんて言葉じゃ表せないほど濁っていたからね。それに比べれば――ってこと」

「なるほど。比較対象が違うわけですね」

ふふ、とウィステリアくんが笑った。

「来るときも言いましたけれど、私にはそれがうらやましい。知っていること。察せること。私の知らない知識で共感できること。ああ、うらやましい」

「きみ、けっこうレイチェル・タイムにぞっこんだよね」

「当たり前ではないですか。お嬢様は私のすべてですから」

おおう。すべて、と来た。

「生まれたときも、育ったときも、戦場で少年兵として戦ったときも、傭兵ギルドを立ち上げたときも、会社を作ったときも――離れているいまでも、私のすべてはお嬢様のためにあるのです。愛していますとも。ですが、私はお嬢様のすべてにはなれない。お嬢様を支えることはできても、お嬢様の求めるものになることはできないのです」

そう言う彼は、やはり穏やかに笑っていた。こんなにもストレートに、焦がれるような愛を語る彼がなんだかまぶしくて、聞いている僕が恥ずかしくなってしまう。

「……で、話ってなんだい？　まさか、のろけるために呼んだわけじゃないだろ？」

「ええ、それはもちろん。のろけはまた別の機会にしましょう」

「また別の機会にしてくれって意味じゃないんだけど」

「お話というのは、もちろんお嬢様のことです」

「スルーするんだ……」

近々、またのろけられることになりそうだ。さておき、ウィステリアくんは話を続ける。

「お嬢様が自分のことをなんと呼んでいるか、知っていますか？」

自分のことをなんと呼んでいるか。一人称の話ではないだろう。『わたくし』ではない。とすると、残るは——。

「……『悪役』？」

「ええ、そうです」

ウィステリアくんは大きくうなずいた。

「悪役を自称しています。では、それはなぜだと思いますか？」

「なぜ、って……」

言われてみて、はじめて疑問を持った。たしかにそうだ。彼女の行いは、その余波だけで多くの不幸を生む。まさしく悪の所業である。けれど、だからといって悪役を自称する意味は、まったくないはずだ。

「お嬢様には、悪意的にふるまいたがる悪癖があるんです。でも……けっこう、ちゃんとしているんです。突飛ではあるんですけれど」

「ちゃんと……？」

「ミスター・カリムはレバーの安全性を村人で確かめたという話をした際、すごく怒ったと聞いています」

「……いまでも怒っているよ」

「お優しいんですね」

くすりと笑う。

「ちゃんとしている……というのは、そういうところです。お嬢様は、農村での実証実験の際、きちんと皆様にリスクの説明をし、参加するかどうかの選択権も与えています。参加してくださったかたにはきちんと謝礼を払い、なにかあったときのために、治癒術師《プリースト》も用意していました」

「だからって、人を実験台にしていいわけじゃないだろう」

「まったくもってその通りですね。返す言葉もありません」

意外にも、ウィステリアくんは反論しなかった。

「ですが、ひとつだけ。なんの釈明にもなりませんけれど、ひとつだけ言わせてください」

「……なんだい」

美少年は、苦笑した。

「参加者に内臓を食べさせるときは、社長が立ち会って、だれよりも先に社長自ら口にしているんです。この世界を支配するための変革と、それに伴う犠牲者は、すべて『悪役』たるお嬢様が背負うと——止めても聞かないんですよ。先頭を走ることに意味がある、なんて言って」

「それは……いや。なんでもない」

それはたしかになんの釈明にもならないことだ。でも、それを単なる言い訳と切り捨てることは、ためらわれた。少なくとも、言葉で語るだけの僕よりは、ずっといい。

「お嬢様は、悪役を自称しています。でも、それは悪役であって、悪党ではないんです。悪そのものでは、ないんです」

あくまでも、役。ウィステリア・ダブルは静かに言った。

「ミスター・カリム。カシ村に来るとき、あなたは私にこう聞きました。『なぜ、お嬢様はこんなにも面倒な方法で世界征服をしようとするのか』と」

そうだ。たしか、そんなふうなことを聞いた。そのとき、ウィステリアくんは答えを言わず、ただ、僕ならわかるはずだと匂わせるようなことを言っただけだった。

「その答えになり得るもの。先日料理をいただいたときと、本日の料理とエール。それを見て確信しました」

「なにを確信したっていうのさ」

「ミスター、あなたです」

ウィステリアくんは言った。僕？　僕がどうしたの。

「あなたが、答えです。おそらく、この世界で……あなただけが、お嬢様の答えになれる」

「……なにを、言って――」

「ヒントはここまでです。ここまで言ったんですから、さすがにわかってください。鈍いのか鋭いのか、よくわからない人ですけれど……」

ウィステリアくんは僕のほうを向いて、ゆっくりと頭を下げた。

「私には、できないことです。私には――お嬢様を支えることしかできませんから。ですから、どうか、お願いします。ミスター・カリム。あなただけが、お嬢様に答えを出せる人なんです」

「…………」

なにも言えなくて、ただ、緩やかな風が流れていった。数十秒して、ようやく僕が、

「あの……」

と声を出すと、ウィステリアくんは頭をあげて、そっぽを向いた。

「申し訳ありません、急に妙なことを言ってしまって。二杯も飲んだからでしょうか。少し、酔っているのかも。風にあたってきます」

「え、ちょっと」

僕の制止を待たずに、ウィステリアくんは立ち上がって、早足で工場から家が立ち並ぶほうへと向かっていった。

「……どうしろっていうんだよ」

去っていく彼の背中を見て、僕はただそうつぶやくしかなかった。

その翌日、ウィステリア・ダブルはカシ村セントラルキッチンから、帝都へと戻っていった。どうやら彼の仕事は僕を届けることと、いくつかの伝達事項や会議だけだったらしく、初日ですべて終えてしまったのだとか。

僕が答えを出せる。それがどういう意味なのか、言わないままに。

エノタイドくんに工場見学の続きをしてもらったり、ローランさんに帝都の流行の話をしたり、おばちゃんたちにいくつかの料理を手ほどきしているあいだも、頭の片隅に引っかかって離れなかった。言葉の真意を量りかねて、もやもやが晴れないまま、一週間が過ぎた。

ここで思い出すべきなのは、貴族の領地と帝都の関係——人質法。レイチェル・タイムとウィステリア・ダブルのどちらかが、常に帝都にいなければならないという法律。そして、いま、ウィステリア・ダブルは帝都に帰ったという事実。このふたつの情報から導かれる答えは明白だ。つまり——僕がここにきて七日めの朝。

レイチェル・タイムが、幌馬車に揺られてやってきた。

そして、わざわざ僕にこんな話をしはじめたのだ。

「マズローの欲求階層ってご存じ？」

レイチェル・タイムは上機嫌にエールの杯を傾けながら言った。

みんなが帰ったあとの、人気のない食堂で、僕はなぜかこの女と一緒にエールを飲んでいる。つまみとして、卵液に浸して焼いたバンズに焼いたパティを載せて、はちみつとマスタードを混ぜたソースをかけたものを用意してある。フレンチトーストだけれど、砂糖をかなり抑えて作り、はちみつの甘さとマスタードの辛さ、そして味付けされたパティのしょっぱさが絡みあって、不思議とおいしくて、エールに合う。ハニーマスタードのノットスイーツ系パンケーキ。即席で作ったわりには、よくできたと思う。

「……いや、知らない。なんだそれ」

「マリウス様、学校はどちらに？」

この場合の学校とは、おそらく前世の——だろう。

「京都の経済系だよ。あんまりいいところじゃなかった。あんたに比べたらね。どうせいいところ行ってたんだろう？」

「いえ、わたくしは専門学校でしたので。ただ、兄が——頭のいい人で」

レイチェル・タイムは苦笑した。

「いつも聞かされていましたの。『人間は自分と同じ階層で生活している人間のことしか想像できないんだ』と」

「……貧民の気持ちは貧民にしかわからない、みたいな？」

「近いですわね。マズローの欲求階層というのは、社会学の一要素、自己実現理論の一部ですわ。どうすれば自分を実現できるか……つまり、夢を叶《かな》えたり、幸せになったりですわね。いわく、欲求には五段階の階層があるそうですの」

エールの杯の外側に指を這《は》わせて水滴をぬぐい取ると、濡《ぬ》れた指先で木のテーブルに三角形を描いた。三角形の内側に線を四本引いて、ピラミッド型にする。

「一番下が、第一の欲求。生理的欲求ですわ。食べること、出すこと、寝ること……動物の欲求と言いかえましょうか」

「……もしかして酔っぱらってる？」

「ええ、いい気分ですの。酒類は、どうしてもわたくしたちで自社生産できないもので、飲む機会があまりないんですの。まあいつかは絶対に作りますけれど」

「絡み酒は嫌われるよ」

「だからこうしてマリウス様と飲んでいるのではありませんか」

嫌われてもいいやつだから、思う存分絡んでいると。本当にいい性格をしている。見習いたいくらいだ。

レイチェル・タイムは下から二番めの段を指した。

「第一の欲求を満たすと、第二の欲求——安全の欲求が現れますの。身体的な安全が保障されたいということだけではなく、社会的な……つまり、経済的にもそれなりに保障されている状態でありたいという欲求ですわね」

指をずらす。

「第三の欲求が、社会欲求と愛の欲求。社会に必要とされたい、社会の一員でありたい、どこかに属していたい——そしてなにより、他者に愛されたい。そういう欲求ですの」

さらに指をずらす。

「第四の欲求は承認の欲求。認められたいという気持ちは、だれにだってありますし、認められていないとき、人間はどうしようもなく劣等感にさいなまれますわよね。ようするに、自尊心というやつですの」

そして、指はピラミッドの最上部へとたどり着いた。

「第五の欲求。自己実現の欲求。第四までのすべての欲求を十全に満たした人間がたどり着く場所。それは——」

レイチェル・タイムはくすりと笑った。妖艶で、一瞬見惚《みほ》れてしまうほどに美しく、そして作りものじみている。

「——不満ですの」

「……ふ、不満？　なんで？　そこに至るすべての欲求を満たしたんだろ？」

「ええ。だからこそ、不満があるのでしょう。『自分にはもっとやるべきことがあるはずだ、それをしなければならないし、それをしない自分はダメだ』——そういう不満。一種の強迫観念ですわよね、もはや」

斑髪が揺れる。

「これはあくまでも考え方ですの。アブラハム・マズローという学者が提唱した可能性のひとつ、それをさらに我流で解釈したものにすぎません。ですが……マリウス様」

レイチェル・タイムはそっとピラミッドの外縁をなぞった。

「あなたはいま、どの階層にいると思われます？　あるいはわたくしはどこにいると思われます？」

僕がなにかを言う前に、レイチェル・タイムはさらに言葉を続けた。

「あるいは、ねえ、マリウス様。このカシ村の労働者の皆様は？　貧民円街に住む人びとはどうでしょうか。ギルドの顔役たちは？　貴族の皆様はどうなのでしょうね」

指が、ぐい、とピラミッドをぬぐって消し去った。

「わたくしがこの世界で自意識を獲得したとき、そこは雨漏りのひどい掘っ立て小屋でした。自分の足で歩けるようになってしばらくすると、親はどこかに消え、わたくしは小屋を放り出されました。外に出ると戦場跡のようなゴミ山で、同じように震えている子がいましたの」

ウィステリア・ダブル。あの美少年は、当初、おのれの名前もわからない状態だったという。その美少年に名前を付けたのは、レイチェル・タイムだった。

親に捨てられ、途方に暮れ、雨風に打たれて衰弱死寸前。その状態から、どうやって生き残ってきたのか、僕には想像もつかない。僕が自分という存在を認識したとき、そこは帝都の貴族円街でもトップクラスに大きな屋敷で、ふかふかのタオルケットに包まれていた。

「最初は獣でしたわ。第一の欲求を満たすために、雨水を飲み、雑草を食《は》み、よく、地面を掘って芋虫なども食べていました。しばらくすると、奴隷商がやってきて、わたくしたちはあっけなく捕まり、戦場へと送られましたの。モラルが崩壊する場所というのはどこにでもあるんですのね。稚児趣味《ロリコン》の将校が、わたくしたちのようなオモチャを欲していたそうです。襲われる前に逃げ出して、そこから先も必死でした」

死体から武器をはぎとり、戦場の片隅で敵味方なく剣を振り回したという。生きるために。

「何度も死のうと思いましたけれど、そのたびにウィステリアが言うんですの。『明日はもっとおいしいものを食べられるよね』って」

だから、死ななかった。死ねなかった。そうやって日々を過ごすうちに、少年兵として帝国側の軍に雇い入れられ、傭兵となり、給金をもらうようになった。戦功を得て傭兵ギルドを作りあげ、さらなる名誉と実績を積み重ねて、レイチェル・タイムは〝斑髪〟になった。

「ウィステリアがいるから、わたくしはここまで来たんですの」

と、レイチェル・タイムはつぶやいた。なんだ。ぞっこんなのは、あっちだけじゃないのか。相棒のような、パートナーのような。互いが互いを生きる目的とする共依存。

そこで、ふと合点《がてん》がいった。かちりと、すべてが噛み合った。なるほど、だからか。

「そっか。だから、アンタは貧民円街にハンバーガー屋を出したんだな。雇用を生み出し、それに付随して側溝や道の整備もして、安くてエネルギーになる食事も売り出して。金のためじゃなく、既存の形態をぶっ潰すためにやってるんだろ。復讐《ふくしゅう》してるんだ、社会に」

獣のように生きていた時代を第一とするならば、傭兵となったときが第二だ。傭兵ギルドを立ち上げ、第三を経て、第四——貴族となった。つまり、いまのレイチェル・タイムは第五の階層にいる。——不満があるということだ。

「あら、わたくしが社会に唾を吐くような女に見えまして？」

「いや。だから、アンタの不満は、社会への不満なんだ。ウィステリアくんをひどい目にあわせた故郷も、そんな故郷を生み出した仕組みも、ぜんぶぜんぶぶっ潰すためにやってる——いや」

レイチェル・タイムを真っ向から見据える。笑顔の仮面の向こう側にある、本当の表情を。

「ぶっ潰して、立て直すんだな？　社会を。ようやくわかったよ。アンタは——革命を起こす気なんだ。武力ではなく、仕組みで。システムで。ようするに——アンタ、産業革命と同じことを、ハンバーガーでやろうとしてるんだろう。母上が——あの鋼鉄女が加担するわけだ。私腹を肥やす貴族を崩し、労働者のための社会を作ろうとしているんだから」

レイチェル・タイムは答えず、ただ静かに杯をあおった。

彼女は——悪役だ。どうしようもないほどに、悪役なのだ。

悪党でも悪魔でもなく、ただ悪を演じるもの。犠牲を生み出し、しかし世界を一歩先へと進めるために存在する必要悪。

それが、レイチェル・タイムだ。

「……世界のためとか、あの子のためとか、そんな高尚なこと考えていませんわよ」

つぶやくように、彼女は言った。

「ただ、納得がいかないだけですの。街も、国も、社会も、すべてが——納得いきませんの。それだけですわ」

それだけ。納得がいかないだけで、この女は魔王になった。必要な悪になった。ハンバーガーショップで世界を覆いつくさんとする魔王に。いや、ハンバーガーショップじゃなくてもいい。彼女が生み出した仕組みは、やがて既存のシステムすべてを踏み抜いて君臨するだろう。

それはきっと、身分制度すらもひっくり返した地球世界近代で起こった革命のように、鮮やかに世界を塗り替えていく。

「……さて、そろそろお暇しますわね。おいしいおつまみをありがとうございました」

レイチェル・タイムは立ち上がって、去っていった。その背中が扉の向こうに消えるまで、僕はただ見ていた。

「……あー、くそ」

皿と杯を調理場にもっていって、手早く洗う。近くにあった椅子に腰かけて、天井を見上げる。

ダメだ。これは——勝てない。料理の腕とか、そういう問題ではなく……もっと大きな枠組みで見て、だ。

わかってしまった。僕は彼女には勝てない。勝てる要素が、なにひとつ存在しているとは思えなかった。

その後、僕がカシ村に滞在していたのは、わずか一ヵ月程度のことだった。

というのも、僕の仕事は定期的に、かつ短期間しか来ることのできないレイチェル・タイムに代わって、調理場のおばちゃんたちに調理法をレクチャーすることだけだったからだ。

「ご存じ？　戦国時代の火を使った調理法は基本的には三つしかありませんでしたの。焼く、煮る、蒸す、の三つだけ。この世界の農村部も同様で、採れる食材の種類が地域それぞれで限定的かつ、領土間の移動がほとんどできないため、調理法も古典的なものしかありませんでしたの」

とは、レイチェル・タイムの談。ようするに、オール郷土料理というわけだ。帝都との差があまりにも激しく、しかし、カシ村は新しい村。新興という意味だけでなく、その在り方そのものが新しいという意味で。

だからこそ、その調理場にも最先端が必要である——と、敬愛すべき我が社長はそう考えたわけだ。けれど、調理の最先端にいる社長本人は、人質法のせいで定期的にしか領地に来ることができない。そこでちょうどよく手に入れた僕、つまり転生者かつ料理人であるマリウス・カリムに白羽の矢が立ったと、そういうわけだった。

「お役御免というわけじゃないが、アンタは十分勤めを果たしたからな」

と、ローランさんに言われて、僕はまた馬車に揺られて帰っているわけである。少なくない給与とともに。きちんと給料が出る。当たり前で、けれど、それゆえにレイチェル・タイムの目指す仕組みに、ただ頭が下がる。

「今度はおれが帝都に行くッスよ。働いて、金稼いで、おれ自身を買い戻して、帝都に行くッス。そしたら、また一緒に酒を飲むッス」

エノタイドくんが差し出したこぶしに、僕もこぶしをぶつけた。

労働者として将来に希望を持つエノタイドくんと、自分の居場所さえ不確かな僕。不釣り合いな友情だけれど、それでも、僕は彼と一緒にまた酒を飲みたいと思った。だから、

「じゃあまた——帝都で」

「うッス。また！」

いつかの再会を誓って、僕らは別れた。

どんどん遠くなっていく大きな工場を、少し——いや、かなり寂しく思いながら、僕を乗せた馬車は草原をのんびりと進んでいく。

三日後の朝、帝都のノックアウトバーガー貧民円街店に到着した馬車は、輸送に同乗した専属の凍らせ屋《アイスマン》とともに積み荷を降ろしていく。大量の冷凍バンズとパティ。それにソース。さんざんバカにしてきたそれらの商品は、明日に希望を抱いて働く労働者たちが毎日汗を流して生み出しているのだと、僕はもう知っている。

は、と息を吐いてみる。吐息はむなしく宙に散った。

僕は転生者で、元貴族で、冒険者にもなったし、いろいろなことを知っている。けれど、僕はも

っといろいろなことを知らないといけない。貧困を知らない。困窮を知らない。希望がない生活を知らない。明日を生きていけるかさえわからない、儚《はかな》い生命を知らない。

知らないことを、知らない。

無知の知って、だれの言葉だったっけ。アリストテレスかソクラテスか。だれでもいいけれど、ようするに、今の僕のような人間のことを指す言葉には違いなかった。

ぼんやりとノックアウトバーガーを眺めていると、

「オイ、テメェこんなトコでナニしてんだヨッ」

横合いから、ふいに声がかかった。がちゃがちゃ鎖を巻き付けた男——ハーマンだ。

「なにって、いま帰ってきたところだけど」

「ンなコト見りゃわかるってんだヨ！　なンでテメェの店見に行かねえんだって聞いてんのサ！」

「僕の……店？」

そのときの僕は、さぞかし間抜けな顔をしていたことだろう。

「ど——どういうこと？　僕の店は、カフェ・カリムはノックアウトバーガーの四店舗めになったんじゃ……」

「あァ？　なんだそりゃ。オマエ、店とプリムがいまどうなってんのか、まさか知らネェってのかヨ」

「え、なに？　プリムがどうしたのッ？　僕の店、いまどうなってんのッ？」

ハーマンは焦る僕の胸ぐらをつかんで引き寄せた。

「直接見に行け。あと、オマエ貴族の息子だってホントか？」

――そう。のどが干上がったような感触。彼の眼は、ただまっすぐ僕を見つめていた。情報は、もういろいろなところに広がっているのだろう。だったら、もう隠す意味はない。

「……元、だけどね。勘当されたけど、うん。本当だよ」

「なんで勘当された？」

「……僕がガキだったから、じゃないかな」

「そうかヨ。よくわかんネェが、よくわかった。そんじゃ、コレは――ただの見当違いな私怨ダ。存分に恨めヨ、ボンボン」

がつ、と大きな音がした。背中に衝撃。視界には青い空が一面に広がり、じんわりと鼻から熱いものを感じた。で、そのあとようやく、痛みが遅れてやってきた。

そうなってはじめて、ハーマンの額が、僕の顔面に叩きつけられ、仰向けに倒れたのだと気づいた。なんで頭突き？　と思う間もなく、ハーマンの右手が僕の胸ぐらを再度ひっつかんで、引っ張り上げ、無理やり立たせた。

「テメェはヨ、恵まれてやがんダ。それはオレッチとはなんの関係もネェ。だがヨ――」

ぎり、と歯を噛みしめる音が聞こえた。

「テメェがもてあそんだ豊かさってやつがあれば、オレッチの鎖はこんなに重くはならなかったんじゃネェかって考えると、我慢できなかったのサ。許せなんて言わネェ。やりかえしてぇなら自由にやんナ」

「ハーマン……」

抑えきれない感情に翻弄されながらも、凜《りん》と僕を見つめて対峙《たいじ》するハーマンは、なるほど〝エッジ〟が効いていた。そんな彼に、僕は……なにもしなかった。なにもできなかった。

「……なんだ、殴らねえのかヨ」

「……前なら、理不尽さに怒って殴り返してたかもしれないけど」

「じゃあ、いまはなんだってのサ」

「さあね」

僕はきびすを返してハーマンに背を向けた。鼻血が出ているようだけれど、気にしない。痛みに涙がにじんできたけれど、我慢する。

「少なくとも、前みたいなガキのままじゃいたくない。じゃあなんなんだって言われたら、わかんないんだけどね」

ハーマンがそのとき、どんな顔をしていたのかはわからない。ただ、背後からいつもの、ハッ、と吐き捨てるような笑い声と、じゃらじゃらと鳴る鎖の音が聞こえた。

「マリウス・カリム。テメェ、けっこう男じゃねえか」

「いいや——まだこれからさ」

言い捨てて、僕は走り出した。行き先は、もちろん商人円街——カフェ・カリムだ。

カフェ・カリムは変わってしまっていた。ノックアウトバーガーに——ではない。むしろ、建造物としては前のままだ。けれど、大きな違いがある。

文字だ。壁や扉に、赤や黒、青……色とりどりのペンキで、文字が描かれている。

『恥さらし』『うそつき』『三流以下』——よりどりみどりの罵詈《ばり》雑言。

それはきっと、負けてしまった僕に対する言葉だろう。元貴族である僕が、商人円街を背負《しょ》って立ったあげく、負けてしまったことに対する叫びだろう。

しかし——僕が大きな衝撃を受けたのは、その文字ではない。

壁の前に、ひとりの少女がいる。

手にブラシを持ち、レンガの壁に塗りたくられたペンキをごしごしとこすって洗う少女。健康的に日焼けした肌からは絶えず汗が噴き出して、真っ赤な短髪が汗で絡んで額に張り付いている。長時間そうして洗おうとしていたのだろう。必死に——店をきれいにしようとしていたのだろう。

道行くだれかが、「またやってるよ」と言葉をこぼした。きっと、僕がいなかった一ヵ月のあいだに、見慣れてしまった光景なのだろう。くすくすと笑い声も聞こえた。

一瞬、その笑い声から逃げ出してしまおうかと思った。カフェ・カリムをきれいにしようと、一身に罵声を浴びてもめげず、ただブラシをこすりつける少女から逃げ出してしまおうかと——思った。

どうしようかと迷って、けれど僕は震える足を前へと動かした。

一歩一歩、前へ。

逃げ出そうとする僕の中のガキを必死になだめて、抑えて、励まして。

ふと、きっとこういうものなんだろうな、と思った。一歩ずつ、変わっていく。自分自身を変えていく。ある日を境に大人な対応をとれるようになる、なんて考え方は、ある朝、目が覚めたらすごい力の持ち主になっていて……なんて妄想と同じなんだ。僕らは少しずつしか歩けない。生まれ持った足の、その小さな歩幅でしか、前に進めない。

だから、一歩。

逃げず、一歩。

歩いて、歩いて、変わっていく。変えていく。そして、残した足跡のことを、きっと努力というんだろう。弱虫な僕の、ほんの少しの勇気が、一歩ずつ積み重なって。

ほら。

「――手伝おうか？」

背中に声をかけると、赤毛の少女はびくりと肩を震わせた。そして、ゆっくりと、おそるおそるこちらへと振り返って、

「……ます、たー？」

「うん」

「ほんとに、マスター？」

「そうだよ。本当に、本物の、マリウス・カリムさ」

「……ぁ」

じわ、と彼女の目じりが潤んだ。そして、

「お――おかえりなさい……ッ！」

うん。

「ただいま、プリム」

重ねた一歩が、彼女に届いた。その足跡を、僕は決して忘れないと思う。

4

——なぜ、という疑問がある。なぜ、カフェ・カリムがノックアウトバーガーになっていないのか。すべてはビジネスだった。

カフェ・カリムの所有権を得たレイチェル・タイムは、即座に四店舗めを出そうとした——が、そうはならなかった。待ったをかけた人物がいたから。

いかに帝都が広いといえど、〝斑髪の傭兵女王〟に経営方針で物申し、制止できる人間など、ひとりしかいない。〝鋼の法〟のシルヴィア・アントワーヌ。

僕の母だ。いわく——『そこに出すのは契約違反だ』と。

「マスターのママは、結局どっちの味方なの？　あたしにはよくわかんねぇけど、マスターを守ろうとしたんじゃないかなって思うんだ」

プリムはむむとうなりながら、首をかしげた。カフェ・カリム店内は以前と変わらない様子で、だれかがマメに掃除をしていてくれたんだろうということが容易にわかった。

「……いや。そういう楽観的な見方はしちゃだめだ。あの人は〝鋼の法〟——僕だからって特別扱いはしない」

「じゃあレイチェル・タイムは？　あの女はどう考えても特別扱いされているように見えるけど」

「そこなんだよねぇ」

契約違反という言葉も気にかかる。レイチェル・タイムとシルヴィア・アントワーヌのあいだになんらかの密約、社会の仕組みをひっくり返すための共通の意識があることは疑いようもないけれど、店を出すことが契約違反とはどういうことなのだろう。ギルドを潰すのが目的ならば、店の数を増やして顧客を占有してしまうのが一番効率的なはずだ。

シルヴィア・アントワーヌはだれの味方なのか。

シルヴィア・アントワーヌの目的はなんなのか。

それを知らねば——いや。

「僕にはもう関係のない話か」

苦笑して、笑う。僕はもう、レイチェル・タイムと戦う立場の人間ではない。だからといって味方になるつもりもないけれど。

彼女は悪役だ。彼女の偉業がどれほど労働者のためになろうと、その裏にいる犠牲のことを思うと、信奉する気になどなれないけれど。それでも、偉業には違いがないだろう。

……もしかしたら、ただ単に、僕が見てみたいだけなのかもしれない。世界が塗り替えられる瞬間というやつを。

「……マスター？　関係ないって、どういう……意味？」

「……プリム？」

ふと見れば、プリムが不安そうな顔をしていた。

「もう、戦わないの？　マスターは、あいつと――商人円街のために、戦わないの？」

「プリム……？」

「落書きのせい？　ひどいことを言われたせい？　あいつに負けたせい？」

勝気な表情が特徴的で、いつも強気な発言をするプリムが、顔を青くして言った。

「つまり、あたしが――」

潤んだ目じりから、きらめくものが一粒落ちた。僕はそれの名前を知っている。

「――あたしが、マスターに入れなかったせい？」

小さく問われた言葉は、しかし、驚くほど鋭利に僕の胸に刺さった。

どうして刺さったのかは、わからないけれど。

いや。

わからないじゃ、ダメなんだ。それじゃあ今までと同じなんだ。

だから、だから――僕は。

とっさに、プリムを抱きしめた。

抱きしめてみれば、思っていたよりもずいぶんと身体が細い。成長して、健康的な身体付きになってきてはいたけれど、それでも彼女は十六歳の女の子にすぎない。

壊れてしまいそうだ、と思った。力いっぱい抱きしめたら、きっと、折れてしまう。

――実際は、僕程度が抱きしめたところで、折れてしまうようなことはないんだろうけれど、僕の腕の中で震えるプリムには、そんな儚さがあった。

その儚さを、僕は尊く思った。儚くも、けれど力強く、彼女は生きている。

「……僕はね、プリム」

言葉を紡ぐ。きっと、これもまた特別な一歩なんだと考えながら。

「プリムがレイチェル・タイムに投票してくれて、よかったと思っているよ」

「うそ」

短く、つぶやくように、プリムは言った。

「あたしがレイチェル・タイムに入れなかったら、マスターは……きっと、いまも戦ってた。戦い続けてた」

「そうかもしれないね」

でも、そうじゃないかもしれない。

「もしも、の話だよ。もしも、プリムがレイチェル・タイムに入れず、僕に投票していたら、きっと僕はまだ商人円街のために戦い続けていて、店から離れることもなく、みんなに罵られることもなかった――かもしれない」

でも、

「それでも、僕はプリムが正直であったことが、僕以上に僕に対して真摯であったことが、なによりもうれしい」

気づくと、僕は微笑んでいた。腕の中に感じる温かさがいとおしい。

「……ね、マスター」

いつもの彼女とはまるで違う、小さな声。

「なんだい？」

「あたし、ここでマスターに救われたんだ。ここで、マスターの料理に触れて、マスターの温かさに救われた。たった一杯のスープとパンが、あたしに生きる希望を与えてくれた」

どうだろう。希望は常に、プリムの中にあった。僕はただ、それを思い出すきっかけを作っただけにすぎない。

「あたし――さ。マスター」

プリムは、震えて言った。体温すべてを吐き出すように、小さくもたしかに体温のこもった声で、つぶやいた。

「マスターのことが、すき」

――。時間が、止まった気がした。

「すき――すきなんだ」

ぎゅう、と僕の胸に顔を押し付けて、少女はただ、言葉をこぼしていく。言葉――あるいは、心そのものを。

「料理をしている横顔がすき。話している声がすき。笑うと子供っぽくなるトコがすき。だれにでも優しいトコがすき。意外と負けず嫌いなトコとか超すき。鈍感なトコも……すき。そのくせ、あたしのチョーシ悪いときはだれよりも先に気づいてくれるトコがすき。すき、すき、すき。ホントに——どうしようもないくらい、すき」

「プリム……」

「それに——原因作ったあたしにこんなコトいう権利ないけど、」

押し付けていた顔を離して、少女はその顔をあげた。数センチの距離で、僕とプリムは目をあわせる。潤んだ瞳。赤らんだほほ。そして、心を紡ぐ唇。

「——みんなのために料理をするマスターが……だいすき」

ほんの——ほんの、数センチ。

少し顔を傾ければ、すぐに埋まってしまう程度の距離。

心臓が爆発しそうなくらい激しく鼓動を刻んで、ともすれば理性を押し流して距離をゼロにしてしまいそうになる。でも、それはダメだ。

僕は、まだ——進んでいない。

「……ねぇ、プリム。人ってさ、圧倒的な実力の差を見せつけられたら、たぶん三つの選択肢からひとつを選ぶことになると思うんだ」

奮起するか、あきらめるか、絶望するか——。

距離を、離す。僕はまだ、プリムが敬愛するマスター《僕》にさえなれていない。失い、立ち上がり、なお一歩を踏み続けるものだけが、先へといける。だから、ひとつめ——僕は、ひとつめを選ぶ。

「僕は、もう一度——いや、前よりももっと、プリムに尊敬されるようなマスターになるよ。一歩進んで、さらにその先の一歩を模索し続ける料理人になる」

「マスター……！」

「だいすき、って言ってくれたよね。——僕も、好きだよ」

かあ、とプリムの顔が赤くなった。

「じゃあ、マスター、あたしと……！　け、けっこ」

「僕も、料理がだいすきだ！」

言ったとたん、がしゃこーん！　と豪快に音をさせながら老人が入口から転がり込んできた。なんだいきなり。プリムを離して駆け寄ると、老人はもごもごとなにかつぶやいている。

「いやそのオチはダメじゃろう……！　鈍感とかいうレベルじゃないぞ。なんかの病気じゃろもはや」

「ジイさん……！」

「せめてこういうときくらいは名前で呼べ。まったく……」

くく、と笑って、その老人——パン職人のジェビィ・エル氏は立ち上がった。

「久しぶりじゃな、カリム。元気じゃったか」

「……ぼちぼち。ジェビィさんは？」

「まあ年のわりには元気じゃ。ラブラブ空間を邪魔したせいで殺気立った女の子からものっそい殺気が送られてきておるから、たぶんもう数分の命じゃとは思うが」

「なんですかそれ。なんかの隠喩？」

「直喩じゃよ。現状説明そのまんまじゃよ」

「……うん？　どういう意味だろう。プリム、わかる？」

「あぇっ？　えーと……あ、あはは、あたしアタマ悪いからわかんねーや、うん」

プリムは真っ赤な顔のまま、そっと目をそらした。

「ヘタレが感染しておるのう……」

「うっせーなジジイ！　テメェがあたしのジャマしたんだろうが！」

へらへら笑うジェビィ氏が老人とは思えないダッシュで逃げ出したので、プリムはそれを追いかけて店を出ていってしまった。元気だ。

ひとり残された僕は、椅子を机からおろして座り、人心地ついて――両手で顔を覆った。

「……あー」

と、無意味に声を出してみる。

もはや病気と言われたけれど、たしかにそうだ。どうしようもない。

鈍感が、という意味ではなく。

ヘタレ、という意味で。

「……惚れた腫れたで一歩踏み出すのに比べれば、もう一度レイチェル・タイムと対峙することくらい、なんでもないよな」

自分で言っておいてむなしくなってきたけれど、つまりそういうことだ。

上目遣いで僕を見つめる潤んだ瞳を思い出すと、胸がばくんばくんと躍りだす。

だいすき、と言ってくれた唇は、吸い込まれそうな魅力があった。

落ち着くために目を閉じれば、抱きしめた彼女の柔らかさだったり、ふわりと香る髪の毛のにおいだったりを思い出して、いてもたってもいられない気分になる。

いかに鈍感でも、いかにヘタレでも、ここまで来れば認めざるを得ない。

僕を僕として正面から見据えて評価してくれたことが契機か——あるいは、帰ってきて顔を見たときか。いつかはわからないし、あるいはもっとずっと前、それこそ出会ったとき、彼女に錆びだらけのナイフを突きつけられたときから、そうだったのかもしれないけれど。

どうやら、僕、マリウス・カリムはプリムに惚れているらしかった。

だからこそ、僕は、踏み出さなければならない。

清算しなければならないことは、たくさんあった。

信用を失ったという意味では、僕は商人円街全体からの信用を失っているのだから。

ジェビィ氏のように、変わらず接してくれる人もいれば、門前払いをする人もいた。

けれど、それでよかった。僕はそれだけのことをした。謝罪のターンを終えなければ、先へ進めない。世界は気持ちのいい勝利だけで進むほど子供向けにはできていないということを、僕はもう知っている。

転生者？　前世の知識？　結構だ。楽して生きていけたら、そのほうがいいと思う。その通りだ。楽をしていいところは楽をすべきだ。

でも、楽をしてはいけないところで楽をしたツケは、必ずあとへ回ってくる。どうしようもない現実が、僕らの横っ面をひっぱたきにやってくる。

それでも前へ、一歩ずつ進もう。それが生きるということだと、僕はいろんな人に教わった。

帝都に帰ってきてから三日めの朝。貴族円街にある、とある屋敷の前で、僕は深く呼吸をして、気持ちを落ち着けていた。

さあ、最後の清算の時間だ。

門前にて警備を担当する衛士が、僕を見て驚いた顔をしている。仕方がない。来るとは思っていなかっただろう。衛士のひとりが、慌てて屋敷の中へと駆け込んでいった。それも当然。足が震えている。太ももを叩いて、気合を入れる。

――よし。

衛士に向かって、震える声を、みっともない声を精一杯張りあげる。格好悪くても、必要なことだと信じて。

「商人円街のマリウス・カリムです！　本日はひとつ、お願いがあり参上いたしました！」

そう。僕は今日、ある人に会うために、貴族円街まで足を延ばしたのだ。

「どうか――どうか！　財務大臣、シルヴィア・アントワーヌ様にお目通り願いたい！」

もう何年ぶりになるだろうか。

僕は、〝鋼の法〟のシルヴィア・アントワーヌに、すなわち僕自身の母親と向き合う覚悟を決めてきた。

僕と母の折り合いが悪いことに、これといった理由があるわけではない。大きな事件を起こしたわけでもないし、実家に取り返しのつかないことをしてしまったわけでもない。

つまりは、積み重ね――この言葉は、良い意味でのみ使われるものじゃないってこと。

自分というものを獲得したときから、僕には前世の記憶があって、そして、僕はお世辞にも立ち回りがうまい人間とは言えなかった。

記憶と知識。生じる違和感と齟齬《そご》。幼児にしては賢い――賢すぎる僕を、父は最初こそ喜んでくれたけれど、次第に気味悪がって領地から出し、帝都の母の邸宅へと送った。母は僕を子供として育てようとしたけれど、前世の記憶を持つ僕は、父のこともあって、シルヴィア・アントワーヌに対して一線を引いていた。引いてしまっていた。実の母に対して、母の気持ちも考えず、それが互いにとっていいことだと思い込んで――逃げるほうを、楽なほうを選んだ。

覚えている最後の表情は、出奔する僕に、静かに勘当を言い渡した、無感動な顔。今日も同じく、無感動な無表情だけれど、以前よりもしわが増えたように思う。

「──マリウス・カリム。先触れもなく訪れるとは、礼儀知らずにもほどがありますね」

アントワーヌ邸の応接室は、僕の記憶とまったく変わりなく、だからこそ、シルヴィア・アントワーヌの変わったところが、よくわかる。僕が母と会わなかった長い時間と同じだけの年を取ったんだと、当たり前のことを実感する。

「……申し訳ございません。日を改めたほうがよろしいでしょうか」

「かまいません。通してしまった門番の落ち度、ひいてはあなたに関しての指示を怠ったわたくしの落ち度です。まったく……余計な気を利かすなというのに」

余計な気──というのは、親子の対面とか、そういうことだろう。門番さん、ごめん。

「次回からは、きちんとアポイントメントをとって来なさい。それがルールです。いいですか。ルールとは──」

「──守るためにあるのです、ですね。憶《おぼ》えています」

何度も聞かされた言葉だ。そして、だからこそ──ここに来た。

「僕──あ、いや、私が伺いに来たのは、それです。私はいま、商人円街で商売を営む者のひとりとして、ここに来ています」

邸宅に入れたのは伝手《つて》というか、勘当済みとはいえ息子だからだけれど。

「ゆえに、知りたいのです。シルヴィア・アントワーヌ様——レイチェル・タイムを特別扱いするのは、なぜですか」

問うのは、根本的な問題。なぜ、レイチェル・タイムのやり方にゴーサインを出したのか。ずっと考え続けてきて、けれどわからなかったこと。

「シルヴィア様は、もしや、商人円街を潰すおつもりですか」

果たして、答えは——。

「同一視してはいけません」

「……は？」

意味不明な一言。怪訝な顔をする僕をよそに、母は真顔で言葉を続ける。

「まず、レイチェル・タイムに認可を与えたことと、それによって商人円街——と呼ばれる地域における一部ギルドの商売が立ち行かなくなることを、同一視してはいけません。それは因果の関係であり、同じ問題ではないのです。いいですか、マリウス・カリム。物事を簡単に考えようとするのをやめなさい」

物事を簡単に考えようとするのをやめなさい——これも、口癖だったたっけ。そうだ、たしか、こう続くのだ。『世の中には——』

「世の中には、複数の物事を一度に対処することが賢いことだと思う人間が多くいますが、それは単なる力業にすぎません。ありとあらゆる物事には理由と結果、すなわち因果があり、その複数の因果が複雑に絡み合っているのです」

悪者を倒して世界に平和を取り戻す。物語ならばそれでいいけれど、現実はそうはいかない。悪いやつを倒す前も、悪いやつを倒したあとも、因果は連続しているのだから――。

「そしてまた、あなたはなんでもかんでも同一視しすぎなのです。商人円街、貴族円街、貧民円街。――歴史とともに生じた貧富の差から、このような呼び方が生まれましたが、公的な呼び方ではありません。貴族の中でもそう呼ぶものが多くいますが、それらすべてが同じ帝都の中なのです。――商人円街と、そこに本部を構えるギルドを同一視してはいけません。地域に根差しているだけであり、地域そのものではないのですから」

しんしんと降り積もる雪のように、言葉は静かに僕へとかぶさってくる。これだ。これが、苦手だったんだ、僕は。この人の言葉は、いつだってわかりづらい。

「……つまり、ええと……」

複雑に絡んだ因果を解体し、僕はどうにかこうにか、ひとつの問いを絞り出した。

「……レイチェル・タイムにだけ認可を与えたのは、なぜですか」

「請われたからです。そして、わたくし自身も、それが必要だと考えたからです」

「それは――特別扱いではないのですか」

シルヴィア・アントワーヌは、テーブルに手を伸ばし、紅茶のカップを取った。唇を湿らせるように一口飲んで、

「いいえ。特別扱いではありません。なぜならば——そもそも、ギルドにのみ与えられていたそれぞれの認可こそが、そもそも特別扱いだからです」

音もなく、カップが置かれた。

「先ほど、歴史とともに貧富の差が生じたと言いましたが、そこから因果を解き明かしてみればすぐにわかることです」

「……因果を……」

王城ができた。王城のまわりに貴族の邸宅を作り、人質法によって住まわせたところ、貴族以外の商人もその周囲へと住まうようになり、道や区画が整理され、街となっていった——それが帝都だ。では、その貧富の差がどこで生まれたかというと、

「貴族と商人のあいだには、そもそも貧富の差があったのではありませんか？」

「はい。ですが、それだけでは答えとして不十分です。よく考えなさい、マリウス・カリム。こうしてわたくしと話せる時間にも限りがあります。時間延長はないと思いなさい。わたくしは特別扱い致しませんので——さあ、貧富の差は、どこで生まれましたか？」

「それは——」

そこで、気づいた。貴族と商人のあいだには——貴族円街と商人円街のあいだには、そもそも貧富の差が存在する。けれど、商人円街と貧民円街のあいだには？　そこにあるのは、雇用関係から来る貧富の差だ。雇用関係——そして、徒弟関係。技術を持つ商人や職人が富ならば、技術のない

下働きは貧だ。パン職人ギルドの技術はパン職人ギルドにのみ与えられ、秘匿され、パンを売るには彼らの許可がいる。肉や魚の取り扱いも同じ。卸売り業者でありながら、取り扱いの許可は彼らにしか与えられておらず、それぞれの市場を占有していると言っていい。

おのれの権利を守る商人や職人のための仕組みは、商人や職人ではないものにとって、利とならない。むしろ、逆。自由に商売できず、彼らのもとで管理されている限り、彼らはずっと貧困にあえぐだけ。見てきたじゃないか。貧民円街を。冒険者たちを。――毎日のように外食で金を使い、酒を酌み交わすギルドの経営者サイドを。

「――ギルドの存在が、貧富の差を作ったということですか……！」

僕がようやくたどり着いた結論に、シルヴィア・アントワーヌは、やはり無表情に応じた。

「正解です」

そして、と母は付け加えた。

「それこそが、レイチェル・タイムに認可を与えた理由です。わたくしは、あなたのいうごく限られた『商人円街』という地域を壊そうなどと考えているわけではありません。ただ、平等な機会が与えられる社会作りを国政の立場から任されているだけです」

淡々と、スケールの大きいことを言われた。国政？　社会作り？　面食らってしまったけれど、そこまで言われれば、要領の悪い僕にだってわかる。そして、レイチェル・タイムが四店舗めを出せなかった理由も。そこまですると、ギルドの行っていた市場占有を、レイチェル・タイムがかわりにやるだけになってしまうから。

「あなたは——ギルドという制度そのものを崩壊させ、商人円街と貧民円街の貧富の差、それが発生してしまう仕組みをなくすつもりなんですね……！」

今までのギルドのほうこそが、特別扱いをされていた。そのことに対して、母はずっと気がかりだったのだろう。これは平等ではないと——平等なルールではないと。

レイチェル・タイムと母、どちらが言い出したことなのかはわからない。けれど、ギルドの猛反発を予見して、レイチェル・タイムの独断専行に近い形で、シルヴィア・アントワーヌという女傑はひとつの新しいルールを作り出そうとしている。

ハーマンが——あるいはエノタイドくんが求める社会に必要なルールを。

「自由競争社会……だれにでも平等にチャンスが与えられうる社会を作ると、そういうことですか！」

「叫ばないでください。そう驚くことでもないでしょう。わたくしは規律と平等を重んじる——それだけです」

「ですが、それは——最終的に、貴族という仕組みさえ崩しかねません。いいのですか……⁉」

自由競争となれば、だれにだってレイチェル・タイムと同じことができる可能性があるということ。それはつまり、貴族という位が安売りされかねず、その意味すら失いかねないということでもある。現に、傭兵女王は、金のない貴族から領地の一部を買い上げている。その一点から見ても、すでに立場は逆転しつつあると言っていい。

これは自殺だ。貴族が、おのれの地位を自ら脅かしている。

けれど、シルヴィア・アントワーヌは、なにくわぬ顔でこう言った。

「かまいませんとも。たとえ貴族でなくなったとしても、鷹のように気高く、薔薇《ばら》の花のように気品があり、茨のようにおのれを律する――それがアントワーヌの血筋です」

正面から見据えられて、知る。この人は本気だ。本気で、社会を変えようとしている。スケールが違う。レイチェル・タイムと同じで、社会を相手に喧嘩を売っている――！

「さあ、マリウス・カリム。そろそろ時間です。次の質問を最後とします。――よく考えなさい。あなたが……」

そこで、シルヴィア・アントワーヌは初めて言葉に詰まった。無感動な表情を、少しだけ、ほんの少しだけ困ったように眉を下げて、すぐに戻した。

「……あなたがまだ、気高く、気品があり、おのれを律するつもりがあるのならば――まだ清算すべきことがあるはずです。縁を切ったあなたが、ここにひとりの商売人として来たのであれば、逃げることをやめたということでしょう？」

清算すべきこと――母は、僕になにを言っているんだろうか。僕に、なにができると言っているんだろうか。スケールのまるで違う彼女たちに比肩するものなど、なにもないというのに。僕は気高くないし、気品もないし、おのれを律する精神もない。

――ああ、でも。

ひとつだけ、ある。僕にはプリムがいる。僕を信じるプリムが、いる。彼女の期待に応えられる店主《マスター》は、ここでなんと言うだろうか。なにを問い、なにを求め、なにを為すだろうか。わからない。

――わからないなら、考えろ。よく考えなさい、とシルヴィア・アントワーヌは言った。最後に清算すべきことがあると言った――特別扱いをしない母が僕にヒントを渡した。そこに活路がある。母は僕の知っている知識の中で、僕にまだできることがあると言っている。であれば、その知識とはいまの会話の中にあった言葉にほかならないだろう。僕は、いまの会話でなにを知った――？

「……そろそろ時間です。退出しなさい。どうやら、答えはでなかったようですが」

無表情な母の声。どこか落胆したようにも聞こえるけれど、それはいまどうでもいい。

思考は一瞬。考え込む時間すらない。複雑に絡み合った因果を解きほぐす時間もなければ、それらすべてをぶった切る力業も僕にはできない。手詰まりだ。

――待て。

因果。そうだ、因果だ。会話の最初。ここに来た理由。複雑に考えろ。けれど、因果を明確に。清算しに来た――母に、商人円街について問いに来た。なにを？　レイチェル・タイムを特別扱いし、認可を渡した理由を、だ。理由はなんだった？　特別扱いではない、だった――つまり。

僕がここで、問うべきことは――！

「シルヴィア・アントワーヌ様、ひとつお尋ねしたい。――私が、レイチェル・タイムと同様の認可をいただくことは可能ですか？」

がちん、と僕の中ですべてが噛み合った。これが答えじゃないなら、死んでもいい。それくらいのクリティカルだ。突破した、という実感がある。一歩、進んだと。

さあ、シルヴィア・アントワーヌ――我が母よ、なんと答える？

「退出しなさい、と言ったはずです。今日はもう帰りなさい」

さっき死んでもいいって言ったのナシでお願いします。マジかよ……。

シルヴィア・アントワーヌは立ち上がり、僕に背を向けつつ、さらに言葉を続ける。追い打ちか――と思ったけれど、違った。

「認可については、追って必要な書類や規則について知らせます。最初に言ったはずですよ。『次回からは、きちんとアポイントメントをとって来なさい』と」

あっ。

そういえば、そうだ。最初に言われていた。――次があると、知らされていた。

「では、ごきげんよう」

一礼して部屋を出て、扉がばたんと閉まった。

結局、自分なりに清算しに来たつもりが、最初から最後まで手玉に取られてしまっていたんだとわかる。〝鋼の法〟――なるほど、スケールが違う。

「――でも、一歩だ」

どっと疲れが湧いてきた。話していただけなのに、すごくエネルギーを使った。店に戻ったら、少し休もう。少し休んで、そしたら――。

「もう一歩、縮めに行くぞ――待ってろよ、レイチェル・タイム」

声に出してみると、少し恥ずかしかった。


古今東西、魔王が出てくる多くのゲームでは、魔王は勇者に倒され、物語は結末を迎える。いわば、ゴール。魔王《ラスボス》というのはゴールテープと同じで、そこを目指して走るのが勇者だ。プレイスタイルはお好みで、序盤から飛ばしてもいいし、中盤まで温存してもいいし、終盤にすべてをかけてもいい。

――すべてに共通して言えることは、ただひとつ。

魔王は『倒されるために存在している』ということ。

レイチェル・タイムは悪役を自称した。つまり、おのれが魔王だと、言った。システムの破壊者。新たな世界を切り開かんとするもの。

でも待ってほしい。

どうして彼女は魔王を自称したんだろう。どうして、わざわざ倒されるために存在しているほうを自称したんだろう。

翻っては、ひとつの仮説につながる。仮説というか、逆説か。

つまり――。

「レイチェル・タイムの最終目的は、ある意味において、社会を転覆させることです。ですが、このままノックアウトバーガーが僕ら――というのは、いまはもうおこがましいかもしれませんが、ともかく、商人円街を機能不全に追い込むだけでは、彼女の目指す社会制度の転覆は成立しないんです。なぜなら――彼女は、貴族だから」

貴族が、商人を下した。

それは上下の逆転ではなく、社会の逆転でもない。

帝都の歴史に刻まれた、よくあることの延長線上にあることでしかない。

「彼女は貴族になってしまった。生まれこそ貧民かもしれませんが、いまはもう貴族なんです。ノックアウトバーガーが社会的な勝ち組になったところで、それは今までとなんら変わりない帰結にすぎません」

だからこそ、彼女は魔王になった。勇者ではなく、魔王に。打破されるべき壁に。

「彼女の目的は、彼女が倒されることによって成立するんです。大切なのは、だれに、どのようにして倒されるか――ということ」

ウィステリア・ダブルは言った。

『この世界で、あなただけが答えを出せる』と。

その言葉の意味を、ずっと考えていていた。

「――僕は、勇者にならなければならなかったんです」

魔王を終わらせる勇者に。目的を達成するための舞台装置に。

レイチェル・タイムが仕掛けた壮大な物語を終わらせるための存在に。

物語の主人公に。

「きっと、それが正しいやり方なんです。さえたやり方なんです。僕が見てきた人たち――被支配的な労働者たちにとっては、それが一番ためになるやり方なんだと思います」

ゆっくりと、息を吐く。

夜十時過ぎのカフェ・カリム。僕とプリム。それから、顔役四人――テックさん、トーアさん、ジェビィ氏、コロンさん。僕のせいで大きな損害を被《こうむ》った人たち。

――彼らもまた、労働者だ。ただし、支配的な側に立っているという点で、ハーマンやエノタイドくんとはまるで違う。

すると、テックさんが低くうなるように声を出した。

「じゃあ、おまえはおれたちのやり方が悪いっていうのか」

「……いえ。そうは思いません」

「ギルドのやり方が悪循環を生み出しているっていうのがおまえの言い分だろうがよ」

「まあ、そうなんですけど……」

あえて言うならば――悪循環を生み出さないやり方なんて、ないんだと思う。

いや、正しく言えば、やり方自体は悪循環を生み出さない。生み出すのは、僕ら人間のほうだ。

「ギルド制度だって、最初は効率的に物事を進めるために必要だったから生み出されたんだと思うんです」

もちろん、僕は帝都ができた時代を生きていたわけではないし、見てきたわけでもない。でも、その時代の人は、たしかにその時代に生きていた。僕らと同じように、あるいは僕ら以上の変化を伴った激動の帝都成立期を。

「現状に見合う仕組みではないのに、疑問も持たずににその仕組みに殉じてしまう。そこが、一番の問題なんです」

「……耳が痛いのう」

ジェビィ氏が苦笑する。もっとも長くギルドに触れてきた彼だからこそ、僕の言葉に反発してもおかしくないのに、ジェビィ氏はそうしない。その温和さが、ありがたかった。

「僕は勇者にならなければならないと言いました。でも、それも――たぶん、違うんです」

「ああ、そうだ。もちろん違うとも」

トーアさんは陰鬱そうな表情に、さらに陰鬱な嘆息を加えて言った。

「平民が勇者になってあの女魔王を終わらせる。見事な筋書きだ。ただし、その貴族が元貧民で、その平民が元貴族ということを除けば――だがね」

「……ええ、そうです」

母は、社会システムを壊し、先へと進めるための駒としてレイチェル・タイムを利用しようとしている。レイチェル・タイムもまた、同じ目的を持ちつつ、けれどもっと退廃的なほの暗い願望で、破滅願望にも似た想い《おも》いで母を利用している。見事な協力関係で、いっそおぞましい。

だけれど、彼女たちにとって、一番の誤算だったのは、もっとも勇者というロールに近い人間が、僕だったこと――つまり、旧名マリウス・アントワーヌだったということ。

「元奴隷で現貴族のレイチェル・タイムが、勇者としておのれを成立させられないから魔王になったのに、元貴族で現平民である僕が勇者として成立するかと問われれば、成立しないと答えざるを得ない……わけです」

「当たり前じゃない」

小さなコロンさんがふんと鼻を鳴らした。

「絶縁しようが勘当されようが、親子の縁は仕組みで断ち切られるようなものじゃないわ」

「その通りです。どれだけ僕と母のあいだに距離があったとしても、社会は貴族という言葉に左右されてしまう。だから――僕は、勇者になれないんです」

母は僕の背中を押した。レイチェル・タイムは悪役を貫いた。ウィステリア・ダブルは僕を勇者になぞらえた。

だが。

それは、向こうが勝手に用意した筋書きだ。

「実は僕、勇者よりも、正式に仲間に加盟しないお助けキャラみたいなやつのほうが、好きなんですよね。かっこいいじゃないですか」

怪訝な顔で、顔役四人が首を傾《かし》げた。すいません、前世の話です。でも、本当にそうだ。僕は王道から程遠い。けれど、せめてプリムの前ではかっこよくありたいと思っている。

だから、一歩先へ。さらに先へ――もっと先へ進む。今度は僕が先んじる番だ。筋書きをなぞらされる滑稽な操り人形の時間はもう終わり。ここからは、人形が自分自身をつかみ取る時間だ。担ぎ上げられて鼻高々に伸びた鼻は自分で叩き折っていこうじゃないか。グッバイピノキオ。ハローニューワールド。

「だから、皆さんを呼んだんです」

顔役四人とプリムへ語りかける。自分の言葉で、勝ち取るんだ。

「僕は、皆さんにこそ――勇者になっていただきたいんです」

お願いします、と頭を下げる。いまの僕にできるのは、ただ、頼み込むことだけだったから。

顔役四人の中で、最初に行動したのは、意外にも――というのは失礼かもしれないけれど――テックさんだった。

僕がカフェ・カリムで演説を打ったその次の日に書類をそろえて役所に提出し、食肉ギルドの許状を取り直したのだ。いや、取り直した……というのは正確ではない。食肉ギルドの名義で取得していた許状とは別に、自分自身の許状を取ったというのが正しい。

「勘違いすんなよ。お前と同じで、おれもだれかの筋書きに乗るつもりなんてさらさらねえ。商売のタネになると思ったから取った。それだけだ」

そんなふうに顔を背けて言っていて、けれど、それがテックさんらしくて笑ってしまった。どこまでいっても、この人は人情家だ。

トーアさんは様子見の構えを取り、コロンさんは乗り気だけれど旦那さんのほうはあまり乗り気ではないらしく、難航している。ジェビィ氏は特に厳しい状況だった。

「ギルドマスターが現状維持を望んでおってな。おそらく、無理じゃろうな……」

と、残念そうに首を振っていた。

「……そうですか」

「……わしがギルドマスターでも、同じように現状維持を選んだかもしれん。……というか、したじゃろうなあ、おそらく」

カフェ・カリムの裏口でジェビィ氏は薄く笑った。

「立場や仕事があって、そのうえで生活が成り立つ。変わらないと思っていたものが突如変わるのは、恐怖じゃ。いままでとは違う生き方を要求されるのは、とてつもなく怖いものなんじゃと――わしらは知ってしまったからのう」

聞くまでもなく、ノックアウトバーガーのことだろう。あれが変化の始まりだった。

「もうすでに変わり始めているんじゃろうな、社会は。それでも、わしらが新しい一歩を踏み出すのは、怖いものじゃし……。ギルドマスターの一歩は、それこそだれよりも先んじる一歩になるじゃろう。ギルドメンバー全員の恐怖を一身に背負っていかねばならん」

は、と一息ついて、彼は目を伏せた。

「わしらパン職人ギルドは文字通り職人のギルドじゃ。技術が認められ、その技術に絶対の自信があるからこそ、わしらはパンを作っておる。たとえ売る権利がほかのだれかに奪われたとしても、その技術だけは負けることはない。恐れることなどなにもない――はずじゃったんじゃがのう」

いつもひょうきんな言動を見せる老爺が、そのときだけは、しょぼくれて見えた。

「この歳《とし》になって、いろいろな経験をして、もう余命も大して残っておらんジジイじゃったから、覚悟はできていたつもりだったんじゃがの」

「ジェビィさん……」

「失うのと自ら辞めるのでは、雲泥の差があるのう。はは、笑ってくれ、カリム。わしは――パンをとられたら、もうなにも残らんのじゃ」

聞いとくれ、とジェビィ氏は言った。

「六十年じゃ。齢《よわい》を十も数えんうちにギルドに入って徒弟関係を結び、その後ずっとパンだけを焼いてきた。それ以外はなにもせんで、ずぅっとパンだけを焼いてきたんじゃ。――死ぬまでずっと焼くもんじゃと、そう思って生きてきたんじゃ」

ジェビィ氏の硬く節くれのある古木のような手が——職人の手が、僕の肩を強くつかんだ。指が食い込むほどに強く。

「なあ、カリム。わしは、パンさえ焼ければいいんじゃ。勇者になんぞなりとうない。わしは——変わらないまま、生きていたかった。変わらないまま、死んでいきたかった。安心と誇りを保ったまま……。それじゃあ……ダメなのかのう」

「……それは」

僕は、目をそらした。なんと言えばいい？　運が悪かった。時代が悪かった。タイミングが悪かった。なんとでも言えるけれど、極論、そういう話でしかない。ジェビィ氏は、運悪く、レイチェル・タイムの作ろうとしている時代に立ち会ってしまっただけなのだ。そして、彼は僕と違って、勇者を否定できるほど若くないし、立場とか、重責とか、いろいろなものを背負ってしまっている。

「……すいません」

なんでか、謝っていた。僕が謝罪したところで、ジェビィ氏の気持ちはなにも軽くはならないのに。むしろ、逆効果なのに——つい、謝ってしまった。

肩から指が離れて、ジェビィ氏は背を向けた。

「……悪かった。カリムはなにも悪くはないとも」

すたすたと、裏通りを去っていく。引き留めようと手をあげて、けれど僕はその手を下げた。なんと声をかければいいのかわからなかった。ただ、去っていくジェビィ氏の背中から目を離すことができなかった。目を離すと消えてしまいそうで――。

これが変化なら、なかったほうがよかったかもしれない。そんなふうに思ってしまう。

でも、いつのまにか僕の横に立ち、僕を安心させるように手を取ってくれる女の子がいて、

「大丈夫？」

短くそう聞いてくれた。左手から伝わる体温に、僕は泣きそうになりながらも、

「うん。大丈夫」

短く答えた。

その日の夜のこと。サニー・ジョンソン・ジョンは貴族の中でも由緒正しい家格、ジョン家の当主であり、『変わり者』として有名な好々爺だ。だから、彼から「ちょっと変わったお願いがあるんだけれど」なんて言われたときは、いったいどんな変なことをさせられるのかとびくびくした。

「お願いといっても、なにか無理をしてほしいというわけではないんだ。もちろん、断ってもいいんだが――」

訪ねてきたサニーさんは、なんとも言いにくい顔で、不可思議な申し出をしてきた。

「端的に言おう。出資するから、店を再開してくれないかね？」

「――はい？　あの、ええと……どういう意味です？」

理解できなかったので、思わず聞き返してしまった。

「レイチェル・タイムから私に鞍替《くらが》えして、そのうえでカフェ・カリムをもう一度経営してほしい、という意味だ。私が出資するから、潰れる心配はしなくていい」

「専属の料理人として僕を雇いたいのではなく、この店のオーナーになりたいと……そういうことですか？」

「そういうことになるかな。オーナーといっても口出しする気はない。金は出すから、自由にやってほしい」

無類の好条件だ。でも――。

「……あの、たぶん、サニーさんに還元できるほど利益は出せないと思いますけど」

シンプルに言い換えれば、サニーさんはただ損をしようとしているだけだ、と思う。

飲食、食品卸に限らず、ありとあらゆる業態は群雄割拠の時代を迎えるはずだ。レイチェル・タイムが興し、シルヴィア・アントワーヌが認めた『誰もが自由に商売を始められる仕組み』はすでに始まっている。その中で、カフェ・カリムが――つまり、以前の僕の店がやっていけるかというと――無理だとまでは言わないけれど、かなり苦しくなるだろう。

これから先、ノックアウトバーガーのような店はどんどん増えていく。そうなれば、カフェ・カリムのような『珍しい料理を出す店』は、フレッシュな発想を持つこの世界の新しい店と戦うことになる。

地球の知識があれば、戦うことは難しくないだろう。けれど、それはしょせん他人のまわしで相撲を取っているようなもの——例えば、〝エッジ〟のハーマンやエノタイドくんのような情熱を持った貪欲な若者には、いずれ負けてしまうだろう。

もちろん、料理は勝ち負けではない。

でも、経営は勝ち負けだ。そこには純然たる勝者と敗者が存在している。

残るものが勝者。去るものが敗者。大型ショッピングモールが近くにできると、地域を支えてきた、どれだけ良いお店のそろった商店街でも、シャッターが目立ってくるように——そうやって淘《とう》汰《た》されていく。

だから、僕はサニーさんの申し出を受けるわけにはいかなかった。サニーさんまで敗者にしてしまっては、過去からなにも学んでいないことになる。

けれど、サニーさんは手を振って笑った。

「いや、そうじゃない。儲《もう》けたいわけじゃないんだ。ただ、なんというか——そう、私はね。この店が好きだったんだ。この店でおいしい料理を食べて、喧騒《けんそう》に包まれながら酒を飲んで……なんだろう。うまく言えないんだがね」

ううん、とうなる。

「私は普段、この店でマスター以外としゃべることはないし、身なりで貴族とわかってしまうせいもあるんだろうが、しゃべりかけられることもない。けれど、それでも——私は、君の料理を食べるなら、この店のカウンターがいい——と、そう思う。喧騒を、あるいは閉店間際の静けさを背中に感じながら……我ながら、妙な話だと思うがね」

「……そう、ですか」

たしかに妙な話だ。むずがゆいような、虚脱感にも似た奇妙な感覚を抱きながら、僕は首を振った。わからない。サニーさんの言葉が、ひっかかる。ひっかかるものが、わからない。なにがわからないのかもわからなくて、もどかしい。だから、

「……すいません。やっぱり、いまは——その話は、受けられません」

そう言うしかなかった。

サニーさんは残念そうに目を伏せ、しかし案外あっさりと、

「そうか。うん、そうだろうね」

と言った。続けて、

「マスター。キミはもう子供ではないが——十分若い。悩む時間はたくさんある。焦ることはない。キミが歩いていく先を見つけたとき、もしも、『いま』とは違うことを考えたなら——言ってくれ。きっと、私が力になれることもあるだろうからね」

「……サニーさん」

老紳士は、ほほを緩ませてウインクした。

「少々説教臭かったね。そろそろお暇するよ。——では、また」

サニーさんが店から出ていったあとも、僕はしばらく考え込んでいた。悩む時間はたくさんある。焦ることはない。そうかもしれない。でも、じりじりと僕の思考をさいなむ焦燥は、なかなか消えてはくれなかった。

数日後の朝、店舗二階の居住スペースから起きぬけに出てきた僕に、なぜか仁王立ちして待っていたテックさんが、手伝え、とうなるように言った。

「……なにをです？」

おそるおそる、寝ぼけた頭で聞き返してみると、テックさんは無言で僕の首根っこをひっつかんで、ずるずると道まで引きずっていった。子猫じゃねえんだぞ僕は。

そこにあったのは、木製の台車……の、ようなもの。それがいくつか。

「あの、これは……？」

「おれたちには店がねえ」

テックさんは語り始めた。

「以上だ」

テックさんは語り終わった。以上じゃねえ。

「つまり……ええと、実店舗の代わりに、屋台を運営し、帝都内の各所で営業するってことですか？」

「え、おまえなんで今の説明でわかるの……こわ……」

「がんばって汲《く》み取ったのに！　がんばって意味を汲み取ったのに！」

ともあれ、概要はあっているらしかった。

「あー、その計画を僕がどう手伝うと？」

まさかテックさんが、僕に料理を頼むとは思わないのだけれど。

「おれには足りねぇもんがある。おまえやレイチェル・タイムが当たり前のように振りかざすその知識――」

振りかざす――。正面から言われると、少し、凹《へこ》む。

「ただ知識をそのまま聴くんじゃ、いけねぇ。おれたちは――噛んで、呑《の》んで、経験にしなきゃならねぇ」

テックさんは、その太い腕で僕の胸元をつかみ、無理やり目を合わせた。

「てめぇらが何歩先にいるのかは知らねぇ。その知識がどっから湧いて出たもんかってのも、どうでもいい。おれにはもう見えてるもんがある――わかるか？」

テックさんの瞳の奥には、炎があった。意欲という名の、炎が。

「おれは食肉ギルドのマスターだが、同時に個人で事業を興していい――そういう権利を持っている。知らねぇ商売、やったことねぇ仕事、それをやっていいってことがどういうことか――わかるか？」

きっといま、テックさんの中には、激情があるんだと思う。焦がれるような、内側の温度。いてもたってもいられなくて、いますぐ走り出してしまいくらい、どうしようもない。僕は、その熱さの名前を知っている。

　希望とか期待とか、そういうふうに呼称されるやつだ。ハーマンや、エノタイドくんの中にあったものだ。

　ようするに、この人は――。

「テックさん、新しいことができるって、考えついたことをやりたくて、わくわくしてるんですか」

　男は歯をむいて獰猛に笑った。

「ノックアウトバーガーを見ていて、おれは気づいたわけだ。出店の配置だけじゃねえ、財務大臣がカフェ・カリムにノックアウトバーガーを出すことを禁じたことも含めてな」

「なにに気づいたんですか？」

「つまるところ、あの女は傭兵女王――戦争のプロなんだ。戦争ってのはつまり、陣地の取り合い、勢力圏を広げてより多くの土地を囲ったほうが勝つ……そういうもんだ。そうだろ？」

「……いや、僕は戦争に明るいわけじゃないのでわかりませんけれど……」

　しかし、囲碁とかそういう陣取りゲームは、なんか軍師的なポジションの人が扇子を片手にやってるイメージもあるので、一概に遠からずとは言えなくもない――のか？

「ま、ともかく、おれはそう解釈して、ノックアウトバーガーのことを、ひいては店を持つってことがどういうことかを考えてみた。ただひとつの店じゃねえ、同じ店をいくつもやるということがどういうことか――」

つまりはな、とテックさんは言葉を置いた。

「とびぬけてうまいわけでもないのに、とびぬけて売れる理由。価格と量と需要を見極め、導き出した答えを可能にする工場制度。ぜんぶひっくるめて考えて、おれが無い知恵絞って作ったのが、コレだ」

「屋台ですか」

「そうだ。……レイチェル・タイムがやっていることを戦争に見立てるなら、ノックアウトバーガーは陣地を築いて勢力圏を確定させるための砦《とりで》や要塞みたいなもんなんだろう。砦を中心にした円が勢力圏。その円をいくつも作って、重ねて、自分の領地とすれば、そこの支配者はレイチェル・タイムになる。そういう商売のやり方――そういうことだろ？」

テックさんの話をなんとなくうなずきながら聞いていた僕だけれど、言われてみて、ようやく気づいた。

これ、ドミナント戦略だったのか……。

ということは、だ。

「……つまり、テックさんの砦が、屋台だと？」

「バカやろう。そのままマネしてどうする。砦なんて作る金ねぇよ」

テックさんは腕組みして、得意げに言った。

「だから、砦に対するアプローチの話だ。軍人崩れの冒険者に聞いたのさ。砦を攻略するにはどうするのかってな」

「なんて答えたんです？」

「そいつ、アホを見る目して言ったのさ。『迂回《うかい》するに決まってるやん』ってな」

「……それ、攻略できてないんじゃ……？」

「おれもそう思った。つまりおまえはおれと同じ種類のアホだ。──で、そいつ、言ったのさ。『砦を攻めなきゃいけない状況になっている時点で相手の思うつぼ。砦を攻めるというけれど、本来の目標は砦が守るもの、つまりその背後にあるものなんじゃないのか』と」

だから、これだ。テックさんはそう言って、屋台を指した。

「ノックアウトバーガーは砦だ。勢力圏はデカいが、動かねぇ。こいつは勢力圏はさほどデカくねぇが、道さえ通れりゃどこへだって動かせる。魔冷庫《フリーザー》と炎術符方式の調理器具も積もうと思えば積めるし、なんなら魔導士も乗せりゃ一日だって、夜中だって余裕で稼働できる。人力で牽《ひ》けるサイズにしてあるから、普通の馬車が入れねえような路地でも商売ができる。……それこそ、勢力圏と勢力圏の狭間《はざま》でもな」

テックさんは屋台に手を置いて、言った。

「戦い方の試行錯誤。まずはそっから、やっていくさ。商売人としてな」

「それじゃあ……僕は、いったいなにを？」

「料理人だろう、おまえは。売ってほしいのは料理だ。──といっても、屋台に立てってことじゃねえ。それこそ、素人でも作れるような、シンプルな料理。そのレシピが欲しい。できれば目新しいやつがいい──得意だろ？」

「……僕でいいんですか？」

「おまえだからいいんだよ。なあ、カリム」

テックさんは明後日の方向を見ながら、言いにくそうに、けれどしっかりとした語調で言う。

「おれは、あのとき、おまえに票を入れたことを後悔しちゃいねぇ。あれは、おれがギルドを守るためにやったことだ。──同じ状況になったら、たぶん、またおまえに入れるぜ」

「……それ、は」

「だが──料理人としてのおまえには、悪かったと思ってる。おまえの誇りを傷つけたと、わかってる。そのうえで──頼む。おまえの誇りを、商売に使わせてくれねぇか」

「僕の料理じゃ、あの女に勝てませんよ？」

「かまわねぇ。勝たなくていい。戦わなくてもいい。見据えるべきは勝機じゃなくて商機だった。そういうことだ。それに──おれは、おまえの料理が好きだからよ」

テックさんは笑って、僕に向かい、頭を下げた。

「ひとりの商売人として、頼む。レシピの開発を依頼したい」

僕は考えた。頭を下げるテックさんを――ひとりの男を見て、考える。

この人は、進むべき場所を模索している。先を見据えて、挑戦を始めている。勇者たらんと、歩み始めている。

だったら、僕は。そう、そうだった。僕は――お助けキャラを、やるんだろう。

「……いいですよ。ただ、ひとつ条件があります」

「ああ。言ってみな。なんでもいいぜ」

「プリムが困っていたら、助けてあげてください」

僕が告げると、テックさんはあきれた顔で、息を吐いた。

「おまえ。それでいいのか？」

「ええ」

「つくづく、おまえは――あれだな。商売に向かないんだな。わかった、いいようにしてやる」

「ありがとうございます」

それじゃ、とテックさんは右手を差し出した。

「契約だ」

僕はそれを握り返し、強く力を込めた。

「契約ですね」

それは、テックさんが、ひいては商人円街が踏み出した、確かな一歩めだった。

——前世でいくつか、屋台の思い出がある。

たいていはりんご飴《あめ》とか、フランクフルトとか、お祭りの屋台の記憶なのだけれど、僕がひときわ強く憶えているのは。

そう、あれはたしか、出張かなにかで地方に行ったときの話だ。

僕の腕ほどもあろうかというくらい長い鉄の串に、肉を積み重ねるように刺し、垂直に置いたそれをくるくると回しながら焼く屋台があった。ドネルケバブの設備を無理やり搭載した屋台を牽いて、路上で販売する外国人のグループだった。

ピタパンというらしい、袋状のナンのような、小麦と水を練って焼いたシンプルな薄いパンに、刻んだキャベツと、トマトと、鉄串から削るように削《そ》いだその肉片を詰め込んで、たしかひとつ五百円ほどで販売していたと思う。

肉はマトン。噛むと、ピリ辛の味付け、焦げた外側の香ばしさと食感、それでいてジューシーな肉汁、フレッシュな野菜の甘味、かけられたヨーグルトソースの絶妙な甘さが口内を駆けていく。ピタパンの、シンプルがゆえに強く感じる小麦の存在感が、奔放な中東の味をしっかりと受け止めていた。

うまかったし、なによりも、あの屋台には「つい買ってしまう」魅力があった。

中東風の店員のやや訛《なま》った声掛けや、近づくと香るスパイス。それに、なによりも、あの見た目だ。

屋台に無理やり搭載された、ドネルケバブ用の垂直型回転式肉焼き器《ロティサリー》に、僕はただならぬなにかを感じた。オフィス街の真っただ中に突如現れたパンクな異国情緒という、そのインパクトに、ころりとやられてしまったのだ。

今回は、それをベースにして料理を考える。帝都で見たことのない種類の食べ物で話題性もあるだろうし、高価なスパイスを使わなければ原価も抑えられる。ピタパンも——パン焼きギルドには申し訳ないけれど——非常にシンプルであるがゆえに、テックさん側で自作が可能だ。

——思えば。

僕はいつも、こうやって、前世の知識を少しずつ切り崩して凌《しの》いできた。悪いことに使ってきたつもりはないけれど、テックさんやほかの人々から見れば、僕もレイチェルも同じく異文化の体現者であることに変わりはなく、その影響は善悪の区別もなければ規模の大小もなく、異質に映ってきたはずだ。

星空の下で、あるいはカシ村の食堂で、僕は彼女と少しだけ前世の話をした。当たり障りのない話だった。当たり障りのない、前世だった。

現世、彼女は世を恨んで破壊を望む変革者で。

対する僕は、これからなにをすべきかすらわからないバカだ。

それでも悲しいことに、この両手はしっかりと働くもので、ドネルケバブもピタパンも、頭の中に、おおよそのレシピが出来あがっていた。無責任な自分に嫌気がさしていて、これからなにをしようかとか、そういうのなんにもなくて、これからの予定とか皆無で、それでもいろいろ、「あのときああしていれば」とか頭の中がまだまだ後悔で満ちていても。

僕というやつは、それでも働くことはできるのだ。前世からずっと変わりなく。

今回のレシピを考えるにあたって、重視しないといけないのは、もちろん再現度——ではなく。テックさんの屋台で提供できること、安価であること、このふたつだ。

言うまでもなく、テックさんの屋台で出すものなのだから、限られた屋台設備と従業員で「提供」できるものでなければならない。それは、ただその屋台でその料理を作ることができればいいわけじゃなく、従業員が余裕を持って、接客や客寄せもできる、ということ。

工程が少なく、シンプルで、特別な技術のいらないレシピが前提条件だ。

ピタパン、肉、野菜、ソース。この四つに分解し、そのうち、屋台で調理するのは肉だけだ。ピタパン、野菜、ソースは事前に用意しておける。串に積み上げるように刺された肉は、ロティサリーで回転しながら常に加熱され、いつでも温かいものを提供できる。

そして、調理とは言っても、ロティサリーは術符を使って勝手にぐるぐる回るように自動化しておけば、基本的には放置するだけでいい。

ピタパンに刻んだ野菜、ロティサリーから削いだ肉をはさみ、ソースをかける。以上、終わり。

「と、いう感じで試しに作ってみたのが、これです」

「昨日の今日で、いきなり試作品を作ってくるあたりが、おまえだよな……」

さっそく、肉ギルドでテックさんに試作のプレゼン。

カフェ・カリムにロティサリーはないので、想定するものと肉のディテールは変わってくるだろうけれど、試作としてもそれなりに良い出来だと思う。薄く白い、袋状のパンにはさまった、たっぷりの野菜と肉。その上にかけるソースは、ほのかな甘さとすっぱさがほどよいヨーグルトソースを選んだ。辛い味付けの肉とあわさると、辛いのが苦手な人でもおいしく食べられると思う。

「……これは、鶏肉《とりにく》か？」

「はい。でも、肉ならなんでも使えます。香辛料で臭みもある程度消せるので。本来は羊肉を焼いて食べる料理ですね」

テックさんはケバブサンドを手に取り、がぶりと一口食らいついた。口の端から、収まりきらなかったソースが垂れる。ぐい、とそれを指で拭って、テックさんはもう一口食べた。

「……なるほど。うまいな。作業工程もわかりやすい」

「それじゃ、これで……？」

「まて。香辛料はどれくらい使う？　原価で」

「ケバブサンドひとつあたり、銅貨一枚と少し」

「安いが――もう一息ってとこだな。切り詰められるか？」

「いちおう、辛みを大幅に下げてもいいのであれば、という制約がつきますが」

「やってみてくれ。安さを優先する。――料理人に味を落とせと言うのは心苦しいが」

「予算内で最大限努力するのも仕事ですから」

「頼む。あと、ヨーグルトソースだが、乳製品関係でこういうレシピがあるか？　ほかにもあるなら買う」

「いちおう、いくつかありますが……ケバブには使えないのも多いですよ？」

「先行投資だよ。おれ個人としてではなく、食肉ギルド側も取扱品目を増やす可能性があってな。手を出すとしたら、牧場とサシで話して手に入れやすい鶏卵、牛乳あたりになる。その先の職人とのやりとり、特に遠方の職人との契約は酒類ギルドに一歩譲っちゃいたが……これから先も譲り続けるとは限らんからな。先に乳製品関係のレシピを知っておけば、いつか役に立つときが――まあ、ないかもしれないが」

「ないかもしれないんですか」

「しれないな。だが、そうなったら、自分で役に立つときを作ればいいのさ」

おれたちには、それをする権利があるし、自由もあるんだからな、とテックさんは笑った。

「でも、失敗するかもしれませんよ？　試みがうまくいかず、絵空事は絵空事で終わってしまう……そんな結末かもしれません」

こう聞いてしまうのは、僕の意地の悪い部分だろう。

「かもしれねえ。だが――なあ、カリム。おれはよ、一回、終わってんだ。レイチェル・タイムに終わらされたと、そう思ったときが、たしかにあったんだ。でもよ、いま、どうだ」

テックさんは手で、そのあたりに転がる鉄材を示した。屋台を試作するのに使っているようだ。今までの食肉ギルドなら、確実になかったであろう物品で、そのまわりにはへろへろになったギルドの若い衆が積み重なって寝ている。

「おれたちはいま、新しいことをやってる。終わったつもりが、始まってたんだ。わかるか？　うちの若いのも、乗り気なやつが多い。自分で屋台を牽いて、それで生活が豊かになるかもしれねえ、って」

笑って、言うのだ。

「それが失敗でも、終わらねえ。新しいなんかが始まって、そっちはもっと面白いかもしれねぇってことさ。だろ？」

バン、とテックさんは僕の背中を強く叩いた。

「なぁ、おい。これはおせっかいかもしれねえけどよ。おまえもワクワクすること、始めてみろよ」

そしたら、なんか変わるかもしれねえぜ。

テックさんは無責任にそんなことを言って、やはりガハハと笑うのだ。

なにかが始まるかもしれない。それは、きっとそうなのだ。僕が一歩を踏み出しさえすれば。

テックさんのプロジェクトは、それはもう驚くほどの速さで進行して、あれよあれよという間に最初の屋台が完成した。やると決めたときのスピード感もさることながら、僕が驚いたのは、テックさんがそこかしこから集めてきた、屋台に携わる人間たちだ。

食肉ギルドの若い衆もいるが、それ以上に目立つのが、外部の人間――彼らが非常に多い。冒険者以上に、貧民円街の門のそばでヤミ屋台を営業していた者たちが、居心地悪そうにしつつもギルドにいるのが特徴的だった。

「冒険者は凍らせ屋《アイスマン》を中心に話を持ちかけてみた。朝の仕込みと、仕込んだ食材を納める魔冷庫《フリーザー》のセッティング、それから屋台の術符の調整をしてもらう。流通関係の仕事は時間をとられるし、かといってノックアウトバーガーの専属は自由が少ない。一日単位で働けるうちの屋台は、ドロップアウトしてない冒険者も入りやすいだろ？　あとは、もともと、おれら食肉ギルドやその流通から不正に流れた内臓を売ってたやつらだな。ノックアウトバーガーのせいでヤミ屋台の営業も立ちいかなくなって、あぶれてたんだよ。そこをおれが話して、あいつら自身の許状をとらせたうえで、正式に契約した。……屋台に関しちゃ、あいつらのほうがノウハウあるしな」

雇い入れるのではなく、それぞれ個別に契約する、というスタイルをとったのが、テックさんの一番の戦略だろう。

「おれは屋台設備、ノウハウの貸し出しをする。食肉ギルド側で仕込んだ食材を売る。やつらはそれで商売をし、そのアガリから賃料と食材費を納める。このシステムのいいところ、なにかわかるか？」

「……屋台ごと持ち逃げされない限り、テックさんが損をしないこととかですか？」

「それもあるけどな、まあ、なんだ」

テックさんは目線を外して、明後日の方向を見ながら、言った。

「後払いにしてあるからな。金がねえやつも、飯がねえやつも、始められるだろ？　おれんとこで屋台を借りたらよ。食材は買い切りだから、自分で食ってもいいわけだ。一日働けば、一日分の飯と、金が手に入る。そういう仕組みだ。屋台が増えすぎるとそれぞれの取り分が減るだろうから、全員が全員始められるってわけにもいかねえが、一日交代制とか、数人でひとつを借りて協力してやるとか、そういうこともできるようにしていけばいい。最初は試行錯誤だな」

「……テックさん」

「おっと、別におれは勇者がどうだ、とか思ってるわけじゃねえぜ？　この仕組みなら、おれは基本的に損しないからな。それが一番大事だ。付加価値だよ、付加価値。この世の中を良くしようだなんて、たいそうなことを考えちゃいねえよ」

「そのわりには、えらく饒舌《じょうぜつ》ですけれども」

「はン」

どう見ても照れている。

レイチェル・タイムは雇用を生むことで、貧民円街のベースを上げ、帝都全体の経済への意識を破壊した。

テックさんがやっていることは、それに近しく、けれどもまた別のアプローチだ。雇用を生むというのはまさにそうだが、屋台を借りた彼ら自身が事業主になっている、という点で、大きく異なる。ハーマンくんは社長になるという夢を語ったが、テックさんは図らずもその起点となり得る『なにか』を作りはじめている。

「まだまだ絵空事だ。まずは――この一台めよ」

ぽんぽんと屋台を叩いて、テックさんは言った。

「成功か、失敗か。こいつで試してみて、さあどうなるか、ってな」

「……テックさんはすごいですね」

僕はしみじみとそんな言葉を漏らしてしまい、少し恥ずかしくなる。

「僕も、うまくいくことを願ってますよ」

「あんがとよ。おれも屋台で料理を売るなんて初めてだから、緊張するぜ」

……ん？

「えっと、今の言い方だと、テックさんが屋台を牽く、というふうに聞こえたんですけれども」

「当たり前だ。わかってるだろ？」

テックさんは、例の瞳の奥の炎を燃え滾《たぎ》らせつつ、笑った。

「おれ、いまワクワクしてるんだよ」

後日、僕は意気揚々と屋台を牽いて街へと繰り出す大柄な男を見送り、ひとつの仕事を終えたのだった。

と、終わればきれいだったけれど、現実はそんなに甘くないというか、なんというか。

僕がやっぱりどうにも無気力に過ごしていると、営業していないカフェ・カリムにテックさんをはじめとしたいつもの四人が集まって、勝手に酒盛りを始めたある夜。冷静になるとなんだこのシチュエーション。自分のとこでやれ。

話題は当然、テックさんの新しい事業のことになった。

「どうなの、実際。うまくいってるの？」

「楽しいぜ？　うまくいってはいねえがな」

ガハハと笑ってテックさんは言った。笑ってる場合か。

「話を聞いた段階では、うまくいきそうな話だと思ったのだがね」

「いや、売れてねえわけじゃねえんだ。だが、大儲けってほどでもねえ。ノックアウトバーガーのほうがまだまだウケてる、って感じだな」

「ヨーグルトソース、あれ、レシピもらえんか？　パンに使いたいんじゃが」

「企業秘密だ、言えねえよ。——カリムも言うなよ？　あれはおれが買ったレシピだ」

「言いませんよ、別に」

ガバガバと持ち込んだ酒を飲むテックさんに、なし崩し的に作らされたツマミのカプレーゼの皿を渡しつつ、僕も席について安物のショットを一杯呷《あお》った。

「お、今日は飲むのか。珍しい」

「むしろなんでアンタらがここで飲んでるんだ……？　閉店中だぞ……？」

「開店する予定はあるの？」

コロンさんにそんなふうに問われ、僕は返す言葉を失って、黙って酒をもう一杯飲んだ。

「あら、残念ね。テックのところで料理の教導してたの、ちらっと見たけど。とっても楽しそうだったわよ、あなた」

「……料理は楽しいです。やることがあるのも、悪くなかったです」

手元に集中する時間は、自分自身がいかに空っぽかということから目をそらせた。

「でも、違うのね？」

と、コロンさんは優しく笑った。トーアさんが静かに自分のグラスを僕のショットにぶつけて、

「キミは若い。それがいいことかはわからないがね。キミ次第でいいことにはなるだろう」

この人にしては珍しく、口を弓の形にして言うのだ。

「すまないね。私たちは、キミに……押し付けていたように思う。考えることを、キミに」

酔っているな、私は。とトーアさんは静かに言葉をはさんでから、つまりは酔いに任せて、恥ずかしいことを言います宣言をした。

「考えて、行動する。自由にやれる。それがどういうことか……どうすればそうなるのか……私には、まだ、なんともわからないことだが」

「……僕にも、わかりませんよ」

「きっと、それでいいんだろうと、そう思う。だって、そうだろう？　テックを見てみるがいい」

「ん？」

カプレーゼのトマトとモッツァレラチーズを六層に重ねて口に持っていこうとしていた男を見つつ、トーアさんはしみじみと言った。

「この男もきっと、よくはわかっちゃいないが……それでもやってみれば、面白いこともある。そういうことなんだろうね」

「わからなくても、見えるものがあるんだって」

テックさんは空になった皿を僕に差し出しつつ――なんだそれは、おかわり希望ってことか？

――楽しそうに言った。

「成功のビジョンってやつだな。現状、うまくいってねぇが、それがどうすればうまくいくのか、若い衆やら、屋台の連中と一緒に頭抱えてやってんだよ」

「それ、ただの理想っていうんじゃないかの」

「いいじゃねえか、理想。理想があって、それを阻む問題があって、おれたちは今それに立ち向かっている。夢見るだけじゃねえ、現実にするんだっていう挑戦なわけだ」

「……で、テックはいまどういう問題を抱えているわけ？」

「思ったほど売れてねえ、ってのが第一の問題だな」

「ちゃんと宣伝しとるのか？　まだ一週間じゃろ。まずは知ってもらわんと」

「知名度の問題もあるだろうし、それは適宜やっていってるが、それ以上にノックアウトバーガーがやっぱり強いんだわ、これが。出店してない東西のエリアはそれなりに売り上げがあるんだが、かといってそこに屋台が密集すると一台一台の売り上げは下がるからなぁ。あ、これ、第二の問題な。屋台出す場所で喧嘩があったんだよ、昨日」

貸し出すだけで、どこでやるかは自由。そういうやり方だと、「稼げるエリア」の奪い合いが始まってしまう。それは、テックさん的にも避けたいことなのだろう。

と、カウンターで飲んでいたトリオデさんが、胡乱《うろん》な瞳でこちらを見て、言った。いやちょっと待って。なんでアンタまでいるの。

「ウチも食べたけど、あれ、おいしいよねぇ。稼げるエリアが欲しいんなら、あの屋台、ダンジョンの前とか、街道沿いに出してよ。ぜったい儲かるで」

「ねえ、トリオデさんはいつ入ってきたの？　そしてなんでウチで飲んでるの？」

「いや、ダンジョンつっても、街ほど人がいるわけじゃねぇだろう。街道沿いもそうだ。人通りがどれくらいあって、一日に何食くらい売れるのかってのもあるし……」

「街から一番近いダンジョンで試してみる、ってのはどうかしら。迷いの森なら、冒険者以外に行商人も寄るし、ちょっとした町くらいの規模あるわよ？　実際、キャンプ町って言われてるくらいだし」

「ねえ、トリオデさん？」

「んー、ありな気がしてきたなぁ。……だが、いや、ダメだ。屋台が外を走ることを想定してねぇ。街中ならまだしも、外のことを想定するなら、それ用の屋台をまた作らなきゃならねえ。そうなると、ただの木組みじゃいけねえだろ。建築できるやつにも依頼入れつつ、街の外で商売する話の権利関係も確認しつつ……そうなると、その特別な屋台を作る金がねえやな」

「お金、ねぇ。どっかにパトロンとかおればええのにねぇ」

「トリオデさん、目をそらさないで。こっち向いて。ねぇ。おいこっち向け」

妙齢の魔女は流し目をくれた。

「そういう意味じゃねぇ……！」

「いやだって、久々に灯《あか》りがついてたんもん、てっきり営業してるんやと思って……」

なんやかんやなし崩し的に人が増えていく気配がする。これはまずい。ひとまず、もうこれ以上人が入ってこないように、慌てて立ち上がって入口を厳重に施錠しようとしたところで、

「おや、やはりやってはいないのかい」

紳士な貴族、サニーさんが、そこにいた。

「……ええ。ちょっと、酔っ払いが勝手に上がり込んできただけで……」

「そうか。それは、残念だ。いや、残念だ――ねぇ、お嬢さん」

彼のうしろに、隠れるようにして、給仕姿の少女が――いた。

慌てて駆けてきたのだろう。息を切らしている。

「マスター……あの、お店、するのかと思って……急いできたんだけど……」

「――プリム」

「ダメ、かな……？」

潤んだ瞳で、そう聞かれて。なんだかもう、ぜんぶ、仕方がないかな、という気分になってしまった。つくづく、僕という男は意志が弱い。

「……食材もお酒もほとんどないんだ。テックさんたちが勝手に持ち込んだ分があるだけ。お客さん、これ以上は入れないからね」

「……じゃあっ」

「今日だけだから。――明日はやらないよ」

僕はふたりを招き入れて、今度こそ、しっかりと施錠した。

それじゃ、料理しよっか。

テックさんが持ち込んだのは、それなりの量の味付けされた鶏肉――というか、屋台用に用意したけれど、余ったケバブのようだった。大串に刺し重ねる前の。

「すでに味付けされてるからね。串とオーブンもあるから、ケバブは焼けるけど、それじゃ――」

「――つまらない、でしょ？」

プリムを傍らにおいて料理するのは、なんだかとても久しぶりな気がする。嬉しくないといえば、嘘になる。

「さすが、プリムはよくわかってるね」

「ンふっへへ」

どういう笑い方だそれは。

「いやちょっと、嬉しさがこみ上げちゃって……つい」

なんか推しに会ったときのオタクみたいな笑い方したよね、今ね。ともあれ、

「まずはこの下処理済みの鶏を、鉄板で焼く。鶏ももの部分を選んでもらっていい？」

「わかった。ジューシーなほうがいいってことだね」

プリムは楽しそうに、肉の山から人数分のもも肉を引っ張り出してきた。

「そう。よくおぼえてるね」

「マスターの言ったことだからねー。それに……あたしも、ちょっと、料理しようかなって思って」

「……作るより食べるほうが好きなプリムが？」

「食べるほうが好きだけど、それはあたしにはそんなことできないって思ってたから。でも、あたしには新しいことを始める自由があって、できないことをできることに変える努力をする自由もあって……そう思ったら、なんか、やってみたいなって思ったんだよ。そしたら、ほら」

はにかむように笑って、言うのだ。

「あたしだって、勇者だ」

その言葉は、とても温かく、優しく、そして鋭く、僕の心の深いところにまで、すっと突き刺さって、満たした。そっか。僕は勇者にはなれない。それが、ひとつの虚無だった。お助けキャラ。僕はそれでいい。そんなふうに考えて。けれど、当たり前だけれど、お助けキャラも、彼自身の人生を生きている。テックさんも、トーアさんも、ジェビィ氏も、コロンさんも。そして、プリムも。僕だって！

　僕自身を生きなきゃ。だから。

「――僕も、なんか始めてみよっかな。新しいこと、やったことないこと……してみても、いいのかな」

　すると、プリムはくすりと笑った。

「だれに聞いてるんだよ、マスター。いいに決まってるでしょ。あなたのことは、あなたが決めていいの」

「……ありがとう」

　自然と、そんな言葉が出た。

「どういたしまして。さ、マスター。料理、しましょ？」

　プリムは酒をかぱかぱ飲んでいる大人たちを指さして、言った。

「じゃないと、腹ペコさんたちが暴れだしちゃうかもよ？」

「それは困る。それじゃ――」

油を入れて温めておいたフライパンに、皮を下にして鶏もも肉を並べるわけだけれど、その前にすりこまれたスパイスのソースをきっちりと拭っておく。焦げるからね。味はすでにしっかりと染み込んでいる。鉄板の上で、じっくりと待つ。皮から脂があふれてきて、じうじう、ぱちぱちと音を立てるけれど、焦げ付き防止のために軽く動かすくらいで、ただ待つ。皮をパリッと仕上げるにはいくつかコツがあるけれど、遠赤外線を用いずに仕上げるのであれば、鶏自体から出た脂で皮を揚げ焼きのようにしてしまうのが、一番楽だ。その分、もちろん脂っぽい仕上がりになるけれど、それでいい。

あわせるのは、トマトとモッツァレラ。さきほどカプレーゼに使ったものの余りを刻んで、和えて、こちらもフライパンで温める。鶏の脂を少し加えて、こちらも焦げないようにかき回していると、トマトから出た水分が脂と合わさり乳化して、とろみのあるソース状になる。

鶏肉は、皮がこんがりとして、下半分ほどが白くなって火が通っているようなら、ひっくり返して、さらに三分ほど待つ。三分待ったら皿に移して、余熱でじっくりと火を通す。これで、ふっくらとジューシーに焼きあがる。

ジェビィ氏が持ってきた白パン——今朝焼いて、売れ残ったものだろう。少し硬くなっているので、薄く切り、こちらもはしっこがかりっとする程度にあぶったら、レタスとチキンをはさみ、トマトとモッツァレラの簡易ソースをかけて、出来あがり。ケバブバーガー……いや、スパイシークラブサンドといったところだろうか。ヨーグルトソースではなく、モッツァレラが辛味をやわらげつつ、コクのある調和を生み出してくれる。

「どうぞ。……けっこう、手抜きだけどね」

「手抜きでこれなら上出来だろ。うめぇ」

「皮のパリッとした食感がいいわよね。鶏だけど、しっかりこってり脂がのってるのもいいわ。お酒が進んじゃう」

「……だが、トマトとチーズの組み合わせは、さきほどのカプレーゼと同じだ。……カリム、これで終わりじゃないだろう？」

聞かれて、僕はうなずく。もちろんだ。

「これはもも肉です。むね肉のほうも持ってきてくれていたので――プリム、できた？」

「うんっ」

にこにこと、彼女が大皿に盛りつけた揚げ物を持ってきた。それは、スパイスで味付けされたむね肉を揚げたフライドチキン。

もともと味付けはしてあったし、僕が揚げ物を作る様子を、彼女は何度も見てきていたから、そこまで厄介な料理ではなかっただろう。油の温度や、揚げるタイミングなどは、僕から細かい指示を出したし。でも、これはプリムが作った、はじめて人に出す料理なのだ。

「どうぞ！　ちょっと焦げちゃったのもあるけど……おいしいよ！　二個つまみ食いしたからわかる」

「素直に申告したら許されるシステムではないんだけども」

まあいいか。いつのまにか寄ってきていたトリオデさんが真っ先に手を伸ばし、「いっただきぃ！」と叫んでいる。僕もひとつ、アツアツのそれをざくりと噛んで、味わう。うめぇ。脂肪分の少ない胸肉ではあるものの、そのうま味《み》はきちんと片栗粉《かたくりこ》の衣の中に封じ込められていて、噛みしめるほどに、辛味とうま味を感じられる。衣のカリカリ、ザクっとした食感もちょうどよくて、やみつきになる味だ。

「おいしいよ、プリム」

「ンふっへへ」

ジイさんがそんな僕らを「いちゃつきにためらいがなくなってきておるの、こいつら……」と驚愕の目で見ているが、それはさておき。

「サニーさんも、せっかくですし……こっちで飲みませんか？」

いつも通り、カウンター席でひとり嗜《たしな》む老紳士を、誘ってみる。

「……いいのかい？」

その場にいる面々を見ると、みんな、笑顔でうなずいたので、サニーさん用に椅子をもうひとつ用意する。老紳士はすらりとした指をチキンに伸ばし、かぶりついた。

「うん。このチキン、おいしいね。屋台のケバブサンドも食べたが、あれはやはり、カリムくんの料理だったか」

「好評みたいで、よかったです」

「そうだね、屋台をひとつ、次の園遊会に呼びたいと思っているくらいだ。――どうだね、テックくん」

急に話を振られたテックさんは、驚いた顔で「お、おれ？」と言っている。屋台やってるのはアンタなんだから、アンタ以外いないだろう。

「いいんですかい、おれの屋台なんかで」

「もちろんだとも。なんなら、私もあの屋台を始めたいくらいだ」

「はっは、そりゃ御冗談がすぎますぜ、ダンナ」

ダンナ呼びするまでマッハだったなこの人。

「いや、それがあながち冗談でもなくてねぇ」

サニーさんは笑って、指を二本立てた。

「ひとつめの理由。貴族は領地収入で暮らしている。つまりは、領地に課す税で生きているわけだが、この帝都のように、テックくんのように――いずれは各領地でも自由な商業活動への運動が起こるはずだ。もしそれを抑えつけたとすれば、領地からの人口流出、特に人権を買い戻さない状態での脱走は避けられないだろうね。領民は帝都か、あるいはタイム領を目指すことになるだろう。あそこには自由があるぞ、とね」

人が減れば、領地は力を失う。税収は減り、働き手も減り……今以上に、帝都とレイチェルの立場が強くなるだろう。

「だから、私はこう思うわけだ。それならば、貴族も帝都同様に領地内での商業許状の発行を緩和し、多くの民が自由な商売で切磋琢磨《せっさたくま》できるようにすればいい、と。帝都に行かずとも、帝都同様の自由を得られる領地ならば、力は失うまい。――むしろ、近隣の領地から、人口が流入して、さらなる発展が望めるだろう？　このあたり、先んじた方が強いのは、言うまでもない」

指をひとつ折りたたみながら、サニーさんは続ける。

「だが、ゼロから始めるのはハードルが高い。自分の仕事以外の知識を得るチャンスのない平民ならば、なおさらそうだ。ならば――モデルケースを提示し、それを真似するところから始めるべきだと思わないかい？」

「……おれの屋台を、アンタの領地に持っていく、ってことか？」

「そうなる。まあ、聞き流してくれて構わない。酒に酔う場での思索にすぎない――」

「いや、待ってくれ。ちょっと待て。考えるから――よし考えた。ダンナ、条件をひとつ呑んでくれるなら、おれはやるぜ」

と、テックさんが食いぎみに返した。顔役の残り三人や、トリオデさんは固唾をのんで見守っている。僕はフライドチキンをひとつ摘まんで、プリムと「これ本当によく揚がってるよ。さすがだねぇ」「ンふっへへ」みたいな会話をしていた。

「帝都の外のある場所に、少し特別な屋台を出したい……と、思っているんだが、資金が足りねぇから屋台が作れねぇ。うまくいくかもわからねぇし、そこに出す金もねぇ。そこにアンタ、出資してくれねえか？　金をどぶに捨てるかもしれねぇことを、一緒にやってくれたりはしねぇか」

「ふむ。それは――面白いことかね？」

「確実に、おもしれえ」

「だったら、やろう」

サニーさんは、二本めの指を折りたたんだ。

「ふたつめの理由だ。自分で商売をする自由は、レイチェル・タイム同様に私たち貴族にもある――それは、非常に面白そうなことだと思わないかね？」

「……ダンナともっと早く酒を飲んでりゃよかったぜ」

固く握手を交わすふたりを見て、僕はなんだか、とてもうれしくて、それでいてどこかうらやましい気持ちになった。僕の関与しないところで、話が進んでいく――そういう悔しさと、喜びだ。

ぱんぱん、とコロンさんが手を叩いて、

「さ、仕事の話は酔いがさめるまでしなさんな。じゃないと――このチキン、ぜんぶあたしらが食べちゃうわよ」

「というか、わしはもうこっそりお主らのキープ分に手を出しておるぞ」

テックさんとサニーさんは顔を見合わせて、慌ててフライドチキンに手を伸ばした。

「やっぱうめぇな！　これ油で揚げるだけか？　うちの屋台でもできるか？」

「うん、うまい。いや、しかしさすがはカリム君だね。この肉のベースの味付けや、屋台で売っているアレ。たしか、ケバブとは南方の料理だろう？」

「え？　あ、はい。そうですね、中東とかの——あれ？」

「やはりか。いや、若いころ、学友と見聞旅行をしたんだが、同じものを共和国の端で食べた思い出があってねぇ。そのとき、世界は広く、うまいものがまだまだたくさんあると感動したものだ」

酒に酔った脳で、がんばってサニーさんの言葉を噛み砕く。え、ええと……その。

「その地でも、その料理はケバブと呼ばれていたんですか……？」

「うん？　そうだったと思うが……いや、どうだったかな。なにぶん、もう半世紀近くも前のことだからねぇ……それが、どうかしたかい？」

「……いえ。大したことでは」

そうか。そりゃそうだ。僕がいて、レイチェル・タイムがいて、それ以外がいないなんて——そんなわけはないのだ。世界は広いんだから、転生者のひとりやふたりや、十人や二十人や——ひょっとすると何千人も、いるのだ。

「南方——共和国のあたり、でしたよね」

「ああ。興味があるなら、今度、当時の記録を見てみよう。詳しい地名もわかるはずだ」

「ええ、ぜひ」

酒精に揺れる頭でもおぼろげながら、僕のやりたいことの輪郭が、見えてきたような気がした。

翌日、二日酔いに揺られる僕の頭に、甘ったるい声がガンガンと響く。

「──時は金なり。いい言葉ですわよね。人生に悩む時間などありませんの。悩めば悩むだけ損をする。即断即決が大切ですのよ」

のっけから飛ばしてくるなあ、と思いつつ、僕はレイチェル・タイムにこう言い返した。

「とりあえず動くよりも、きちんと考えてから動いたほうが結果的にいい方向に向かうことだってあるだろ」

「あら、正論。ぐだぐだ悩んでわたくしの時間を無駄にして、あまつさえ専属であることを忘れて勝手によその仕事を受けた人間が言うセリフとは思えませんわね！」

ぐぅの音も出ねえ。

まあ、ようするに、カシ村の仕事を終えて、なんとなく解消した気になっていたレイチェル・タイムとの関係は、実は解消していなかったという話。そういった理由で、僕はノックアウトバーガー商人円街店の応接室にて、レイチェルとまたも対面し、こうして言葉を交わさざるを得なくなったというわけだ。

「こちらとしても、カシ村の仕事を指定して、給金も渡したので、ぶっちゃけ終わったようなものだと考えていたのですけれど、あなたがあまりにもふわふわしていて動いてくれないのですもの。待ちくたびれてしまいましたの」

「……勝手なことを言うね、相変わらず」

「そちらこそ、相も変わらずヘタレているようで。いい加減、魔王を倒しに来てくださってもいいのではなくて？」

「それは僕じゃなくてもいいんだよ。商人円街のみんなが、いま自分たちと向き合って、変わりつつあるんだ。僕はきっかけにはなったけど、しょせんはお助けキャラ。役目を終えたら静かにパーティから外れてフェードアウトするのが様式美だろ？」

「ダウンロードコンテンツに課金したら最後までプレイヤーに付き添ってくれたりしませんの？トロフィコンプリートするためなら課金だって辞さないのがわたくしのやり方ですの」

「アンタ、ゲームするときもストロングスタイルなんだな……」

選択肢ひとつ間違えただけでひとつ前のセーブまで戻るタイプかもしれない。

「わたくしとしてはやはり、あなたに勇者をやっていただきたかったのですけれど。アントワーヌ家の縁者だから勇者に適さないとは言っても、魔王を倒すのはやはり選ばれし者でありませんと」

「選ばれし者って」

中二病かよ、とあきれてしまう。

「前世の記憶がある、というのはそれだけで選ばれているようなものでしょう？　わたくしとしては、わたくしに勝利できる地金の人間はやはり同じ転生者だと考えておりますし」

「そう？　僕はむしろ、この世界に生まれて育った人びとにこそ、敵《かな》わないと思ってるんだけど」

アドバンテージがあるはずなのに敵わなくて、心を打ちのめされ続けてきた。驕《おご》っていたのは僕だったと、思い知らされてきた。

「それでも、わたくしはあなたが良かったと思いますわ。――転生者でありながら、わたくしにはできなかったことですもの」

例の笑顔を保ったまま、そんなことを言う。張り付けた仮面のような笑顔。それを見ていると――なんだか、無性に腹が立ってきた。この女は――バカだ。僕もバカだけれど、この女は、僕の次くらいにバカだ。だから、

「それは逃げだろ、レイチェル・タイム」

言ってやった。家からも、責任からも、現実からも逃げ続けた僕が、それを言うのかと自嘲したいけれど、それでも言わなくちゃいけなかった。

「アンタはミスを犯した。選択肢を間違えた。だからって――自分が勇者になれなかったからって、同じ立場の僕に投影するなよ。押し付けるなよ。勝手にゲームをあきらめてるんじゃねぇよ。最後までストロングスタイルで突っ走れよ、これはアンタの物語なんだから」

「…………」

張り付けた笑顔をそのままに、彼女は少しだけ目を細めた。

「魔王だのなんだの言ってるけど、結局、アンタはミスって勇者になるのが大変そうだから、楽な道を選んだだけだろう。ウィステリアくんを救う、同じ境遇を生み出さないよう世界を変えるって

いう、アンタの根底にある想いは、勇者のそれとなにが違う？　悪役であることが正解だと思い込んで、そっちに進んだだけだろう。だれも言わないなら、僕が言ってやる」

息を吸う。

「――このバカ！　逃げんな！」

僕自身も、いやってほどこの言葉が刺さる。

逃げんな。

それは、きっと僕が常々思われてきたことだろう。

「勇者の責任から逃げんな。アンタ、間違ってる。自分には似合わないとか、資格がないとか、うだうだ言ってるのは僕だけじゃない、アンタもだ」

「……わたくしのなにが間違っていると言いますの？」

彼女の間違い。それは、例えば――。

「――ハーマン。それから、エノタイドくん。ローランさんもきっとそうだ」

カシ村で、エノタイドくんは僕に言った。あの工場には希望があると。

それは紛れもなくレイチェル・タイムが与えた希望。だれかに希望を与える存在を称して、なんと呼ぶべきか。考えるまでもない。

「少なくとも、アンタに希望を見出《みいだ》した人たちまで否定するな。アンタはすでに、彼らにとっての勇者を立派に勤め上げているんだから」

レイチェルは、やはり張り付けた笑顔をそのままに、けれど、

「――ふ、ふふ」

少し、笑った。しばらくのあいだ、沈黙が空間を支配し、ややあって、

「……やっと、マリウス様が慕われる理由がわかりましたわ」

そんなことを言った。

「……どういう意味だよ」

「そのままの意味ですの。やっぱり、嫌いなタイプですわ――理性的と見せかけて芯の部分は熱血バカ。自分だってさんざんくよくよ考えているくせに、他人のこととなるととたんに決断力が増すというか――ええ、つくづく嫌いなタイプですの」

ぱり、と仮面が剝がれる音がしたような気がした。ふっとレイチェル・タイムが微笑んだ。張り付けた笑顔ではない儚いそれは、一瞬で消えてしまったけれど、たしかに見た。

「――金輪際、わたくしの店に顔を出さないでくださいませ。解雇ですわ。――貴方《あなた》はクビですの」

「……そっか」

うん。そういうことなら――ありがたく。

「今までどうもお世話になりました」

敬愛する我が主様に背を向けて、僕は部屋を出た。もう主じゃないわけだけれど、最後くらいは

そう呼んでもいいだろ？

ノックアウトバーガーから出ると、当たり前だけれど、ジェビィ氏の店が正面に見えた。一言くらい、挨拶していこうか。そんなふうに思っていると、

「……お客さん？」

小さな女の子がひとり、店の前で困ったようにあたりを見まわしている。あまり裕福には見えない、見るからに貧民円街の子だとわかるような、ボロを着た少女。右手を拳にして胸の前に置いている――なにかを握っているようだ。

少女はきょろきょろと不安そうに視線を動かしつつ、おそるおそる、パン屋の扉を叩いた。小さく、三回。反応がないと、さらに不安そうに、躊躇《ちゅうちょ》しつつも、強く三回叩いた。

ややあって、扉がぎしりと音を立てて開いて、老爺が顔をのぞかせた。

穏やかに少女を見やる老爺は、静かに口を開いて、なにかを言った。

少女は、ほっとしたようにほほを緩めて、おずおずと答えた。

ジェビィ氏は、黙って聞いている。

少女はやはりおずおずと、けれど言葉は止めずに、なにか――ここからは聞こえないけれど、おそらくとても大切なことを、伝えている。

老爺は一言、少女に言葉を返した。

そのまま扉の向こうへと消えて、ややあって、大きくて丸くて黒いパンをひとつ、持って出てき

た。少女にそれを手渡す。少女は、大事そうに握りしめた右手を開いて、ジェビィ氏に向けた。

一枚の白銅貨。

たった一枚の白銅貨。

ありふれた、一枚のお金。

ジェビィ氏は、それを断ろうとして——けれど、少女はそれを無理やり彼に押し付けた。

また、なにかを言い。

そして、ぺこりと頭を下げて、貧民円街のほうへと走っていった。

ジェビィ氏は、少女のうしろ姿が街角を曲がるまで、じっと見つめていた。

やがて、

「——おうい、カリムよう」

こちらに手を振って、僕を呼んだ。いつから気づいていたのか——最初からかな。少し気まずく思いながら、ジェビィ氏に近づく。

彼は、やはり穏やかな面を——なにかをこらえるように歪めながら、僕に言った。

「今の子な。ばあさんがいるんじゃと」

ぽつりと。

「ばあさんが、黒パンじゃないとだめじゃと言うらしくてな。スープと黒パン、それに塩漬けの豚肉を薄く切ったもの。それを食べねば、力が出ないと言うんじゃと」

僕は黙って彼の言葉を待った。彼は、僕のほうを向かず――少女の消えていった街角を見つめて、言葉を続けた。

「――わしが渡したのは、わしが食うために焼いたライムギの黒パンじゃ。先週の終わりに焼いて、ずっと置いておったものじゃ。食欲がなくて、食いあぐねていたあまりもの――金もとれない、商品でもない、白パンみたいにふんわりしてなくて、甘くなくて、むしろ重くて、硬くて、すっぱいパンじゃ。タダでやっていいと、そう思ったものじゃ」

貧民の少女とその祖母に、心ばかりのおすそ分け。そういうつもりだったんだろう。

「じゃが、あの子はわしにこれを――」

手のひらに、白銅貨が一枚載っている。

「――受け取ってくれと。この店の黒パンじゃなきゃダメなんじゃと。ありがとう、また来るね――と」

――呼吸が止まった。

ようやく――ようやく、だいぶ遅れたけれど、僕もそのとき理解した。このパン屋じゃなきゃダメなんだ――あの少女と祖母にとっては、ここじゃなきゃダメなんだ。ノックアウトバーガーじゃ、ダメなんだ。

あのとき、僕に店の存続を打診したサニーさんにとってのカフェ・カリムも、きっとそうだったんだ。

それは例えば、学校帰りに友達と何度も寄ったコンビニのイートインスペース。職場の近所のラーメン屋。仲間とよく行ったゲーセン近くのファミレス。故郷で旧友と集まるときはいつも同じ居酒屋だった。

もっとおいしい店はたくさんあったし、もっとサービスのいい店もたくさんあった。けれど、なぜか——そこがいいんだ。妙に居心地がよくて——自分自身が、その場所になじんでしまう場所。そのお店の風景の一部になってしまう場所。

じわり、と身体の芯が熱くなった。そういう場所に、なっていたんだ。僕は——僕の店は、そして、僕は——それに気づかず、彼らの居場所を奪ってしまったんだ、とも。あの店は、僕の店は、とっくに僕だけのお店じゃなくなっていた。僕と、お客さんと、関係するすべての人が、あの場所を作りあげていたんだ。そういうお店が、そういう関係が、そういう居場所が、数えきれないほどたくさん重なって、街ができているんだ。僕の知らないところでも、僕の知っているところでも。いろいろなつながりが、カフェ・カリムというお店を作っていた。それを——僕は、自分だけの力だと思い込んで。バカなことを、したんだ。

目の奥が熱くなった。僕はバカだ。でも——僕のやっていたお店が、そういった関係の中で、だれかの居場所になっていたことが、どうしようもなく嬉しかった。

老爺は、街角から目線を外して、自分の店のほうを向いた。背中越しに、ジェビィ氏が言った。

「わしみたいな古臭いジジイでも、いいのかのう」

――そんなのは。

「いいに決まってるじゃないですか。だって、ジェビィさん――それしか、ないんでしょう?」

パンを焼くことしかできない。そう言っていた。六十年間、ずっとそうやってきたと。それしか知らないんだと。けれど、きっとそれは違う。僕は、小柄な、けれど偉大な歴史を背負ってきた背中に、言った。

「それしか、したいことがないのなら――きっと、そうすべきなんだと思います」

パンを焼くことしかできないんじゃない。ジェビィ氏は、パンが好きなんだ。パン焼きが好きで、パン屋が好きなんだ。

だったら――しょうがないじゃないか。できるとか、できないとか。続けられるとか、続けられないとか。そういう問題以前に、僕らはどうしようもなく不器用で、どうしようもなくバカだけれど。でも、変に賢くなろうとしなくても、バカなままでも、できないことが多くても――もっとわがままにしたいことをしようとしてもいいんだ。

贅沢な思いかもしれない。ハーマンにはまた甘っちょろいとか笑われてしまうかもしれない。でも、そう思ったんだ。仕方ないじゃないか。夢を見ることこそが、僕らの自由だ。

「――そうじゃの。うむ、そうじゃな……もう一度、やってみても――いいかもしれんの」

「……はい。僕も、そうしようと思います。もう一度――なにができるとか、できないとかじゃなくて、したいことを見つめなおしてみようと思います」

もやもやの中に、光が見えた気がした。

僕の胸の中で、もどかしく叫んでいた衝動が、ようやく朝日に照らされた。

「――茶でも、飲んでいくかの？」

「……いえ。今日は、遠慮していきます。――じゃ、また」

ジェビィ氏に別れを告げて、僕は背中から目を離した。

いつまでも見ているのは、忍びない。

だって――きっと、あの背中は泣いていたから。僕はその日から、三日ほどで準備を終えた。

旅立ちの準備を。

5

大きくなったら、なにになりたい？

そんな言葉を投げかけられて、僕らは夢を見てきた。

いつからだろう。

なにをしたいか――ではなく。

なにができるか――で、することを決めてしまうようになったのは。

いつしか夢を忘れて、死んだ目で働いていた前世。そのまま死んで、生まれ落ちた今生。

子供のころ、ああはなりたくないと冷めた目で見つめていたつまらない大人に、僕はいつしかなっていた。つまらない大人から、抜け出せなくなっていた。

そのまま、ずるずると――したいことより、できることだけやってきた。

問い直そう。問いただそう。

料理ってなんだろう。働くって、どういうことだろう。そして――マリウス・カリムとは、どういう人物なんだろう。

やあやあ、自分。元気かこの野郎。おまえはなにがしたいんだ？　わかりやすいよう、一文字変えて聞いてやる。

大きくなったが、なにになりたい？

答えは、とっくに出ていた。

ここ最近、考えていたことがある。

プリムに誇れるマスターって、どんなマスターなんだろう——と。

物事を複雑に考えなさい、と言った人がいる。けれど、愚かな僕には単純なことさえわからなくて、複雑なことなんてもっとわからなくて、向かうべき方向も、向かいたい方角も、霧の中から見出せず、ただ漫然と焦るように歩いていた。

じゃあ、霧が晴れたのかと言われれば、そんなことはない。この霧は、一生晴れることのない霧だ。

みんな、霧の中にいるんだ。酸いも甘いも嚙みわけた老爺だって、霧の中で灯りを見失うことがある。——そう、灯りだ。

煌々とは輝かない。霧の中、たやすく見失ってしまうような、ぼんやりとした光。

それでも、自分自身が霧の中から見出した、大切な道標。

そこを目指すことが、生きるってこと。

——なんて、大層なことを言えるほど、僕は立派な人間じゃないけれど。

立派なマスターでありたいと思った。プリムに誇れるマスターとは、プリムが誇れるマスターだ。じゃあ、プリムが僕を誇るのは、どうして？　料理がおいしいから？

ううん、違う。料理はときにだれかの人生を左右する――そんなこともあるだろう。でも、あのとき、行き詰まった少女が錆びだらけのナイフを手にしていたとき、彼女の人生を救ったのはパンとスープじゃない。

「――料理ってさ」

舌先で唇を湿らせて、言葉を紡ぐ。カウンター席に座る赤毛の少女に向けて。

「すごいんだよ。人間の営みの傍らにずっとあって、僕らに教えてくれるんだ。温かさだったり、優しさだったり、希望だったり。それがたとえ、薄っぺらなバンズで肉をはさんだだけのハンバーガーであっても、人はそこに未来を見出せる」

エッジの効いたあいつ。歯車を自称した青年。六十年間パンを焼き続けた老爺。――行き詰まりから抜け出した少女も。みんな、料理をきっかけにして灯りを見つけ出した。

「おいしいか、おいしくないか。それは大切な要素。でも、そのどちらであっても、僕らはきっと意味を見出す。なにかを見つけ出す。灯りを――光を見つける」

おいしい、おいしくないはひとつの尺度。安い、高いもそう。貴賤《きせん》がないわけじゃない。貴いか、賤《いや》しいかという尺度があるだけ。

僕次第なんだ――僕ら次第なんだ。なにから光を見つけようが、僕らの自由で、勝手だ。

「ねえ、プリム。カフェ・カリムは、いいお店だったよね」

美味い料理を出すのが料理屋だ。でも、それだけじゃない――みんながこの店に見出していたものは。見つけ出した意味は。灯りは。

料理はこのお店を構成する一要素にすぎなかった。みんな、居場所を求めていたんだ。

貴族も平民も、経営者も労働者も、マスターも従業員も、「ここにいたい」と思える場所。美味い料理。美味い酒。楽しい飯食い仲間に、酒飲み友達。話し相手になる店主。かわいい店員。ぜんぶ、大切な一要素。

そして、赤毛の少女が見出した、このお店の価値は――プリムのような行き詰まった者を、決して見捨てない場所であること。

「いい、お店だった。少なくとも、僕にとってカフェ・カリムは大切な意味のあるお店になったよ。だって――プリムみたいな、立派な勇者を送り出せたんだから」

笑って、言う。プリムは、うつむいたまま、肩を震わせた。

「……やっぱり、閉めるんだね。カフェ・カリムを……終わらせちゃうんだね。あたし、まだ――なんにもできてないのに。返しきれない恩があるのに、なにも……！」

「そんなことはないさ。だって、プリムは――僕を、救ってくれたじゃないか」

僕に意味を与えてくれた。僕を必要としてくれた。惰性で二周めをプレイしようとした愚か者に、居場所をくれた。――ありがとう。だから、

「カフェ・カリムは終わらせる。けれど、これは始まりなんだ。巣立ちの時――ってわけじゃない

けれど。僕も、プリムも。もっと先を目指して歩き出す時なんだと思う。僕らは居場所を育んだ。でも、居場所は永遠には続かない――」

ねえ、プリム。僕は、ちゃんと向き合おうと思う。前世を持ち越してしまった我が魂と、前世を持ち込んでしまったこの世界に。

「――従業員のプリムに、最後の業務命令を出します。これは――まあ、したくなければ、しなくていいんだけど」

笑って、少女に語りかける。どんな表情をしているのか、下を向いた彼女の顔が見えないのは、少し残念だ。

「僕はこれから、世界を見てくるよ。いままで行ったことのある場所も、行ったことのない場所も、きちんと――世界に向き合って。僕の故郷の――前世の人たちがいたかもしれない場所を巡って。その道中で、料理を作ろうと思う。だから、プリムは――ここで」

木製のカウンターを撫でる。かんなで削った表面は、使い込んだことでつるりとした感触を与えてくれた。この店を出したばかりのときは、まだざらざらしていたのに。惜しい気持ちも、悲しい気持ちもある。それ以上に、うれしい。僕は、ここに居て――ここに居た。

「居場所を、作ってください。プリムが居て安心できる居場所を。街のみんなが居たいと思えるような場所を。そして――いつか、僕が帰ってきたときに、迎えてくれる場所を作ってくれたら――」

嬉しいな。と、その言葉は続かなかった。顔をあげた少女に、唇を封じられたから。

あ、と思った。唇に触れた柔らかさが、数秒後に離れた。

少女は泣いていた。泣いて、けれど、笑っていた。

「――プリム、僕はきみのことが――」

「言わないで。行きづらくなるでしょ。それに――ついていきたくなっちゃうじゃない。だから、言わないで」

ヘタレの一世一代の勇気は、すげなくインターセプトされた。

「その言葉の続きは、帰ってきてから――聞かせてね」

――まいったな。いつだってプリムは、僕に意味を与えてくれる。

「うん。必ず」

「じゃあ――行ってらっしゃい、だね」

「そうだね。行ってきます、だ」

プリムの笑顔を目に焼き付ける。次、見ることができるのは、五年後か、十年後か――もしかすると、五十年後かも。そのときまで待っていてくれるだろうか。きっと待っていてくれる――と思う。

不安はあるけれど、わからないことだらけだけれど、それでいい。霧の中、自分が見つけた光を信じて進んでいく。そこに居場所があると信じて、歩き続ける。

荷物を背負い、店を出て、北を見る。そちらには、貴族円街と王城がある。さようなら。

大通りを歩いて商人円街を抜ければ、貧民円街がある。下水道ができて、道もむき出しの土ではなく、徐々に石レンガのものに替わってきている。だれかの起こした旋風の影響が、ここにある。

貧民円街の終わり、南門の前に、客でにぎわう店があった。赤と黄色のハンバーガーチェーン店。看板にはKの文字。その看板を横目に見て、少し笑う。

――ノックアウトバーガー。まさにそうだ。してやられたよ。完敗だ。

斑髪の女が、果たして本当に世界を変えられるのかどうか――僕にはわからない。

でも、少なくとも、僕は変わった。

「グッドゲーム。ありがとう。リベンジは――機会があったら、ね」

そう呟いておく。

門をくぐる。風がほほを撫でた。荷物を背負いなおして、南を向く。馬はない。歩いていく。どこに行くかは、この足が決める――ひとまずの目標は共和国だけれど、寄り道はいくらでもしていいはずだ。それじゃあ。

「またね」

僕は帝都に背を向けて。

まずは、一歩を踏み出した。

――数年後、とある港町の酒場で、酔っぱらった行商人が言った。

「帝都に、いい飯屋があったんだ。アンタ、帝都出身なんだってな。知ってるかい？」

問われたのは、ここ最近、この酒場の厨房《ちゅうぼう》で働いている流れの料理人だ。腕はいいが、じきにこの町も去るのだという。次は船に乗って、違う国へ行くのだとか。

「……いえ。美味い飯屋ってだけじゃ、さすがに――」

「店名はな、えーと……なんだっけな。アレだ。店主がな、えらい美人なのさ」

「へえ。それはいいですねぇ」

「だろぉ？　ああ、また会いたいなあ……こう、身体つきが見事でなあ」

「はあ」

「でな、髪が長くて、それがまた特徴的でなあ」

「長髪――ああ、斑髪ですか。新しく飯屋でも開いたんですか？　あの女」

ああん？　と酔っぱらいは怪訝そうに顔をしかめた。

「ちげえよ、だれがあんな恐ろしい女の話なんざするか。おれが言ってんのはぁ、赤毛がきれいなオンナノコがやってる――ああそうだ、店名思い出した。『マリウス』って店の話だよ！」

料理人は少しだけ手を止め、ややあって、また手を動かし始めた。

「――そうですか」

「おお、そうとも！　美人だが、待ち人がいるらしくて、未婚でなあ。もったいねえなあと思ったんだがよ。どうだ？　知ってるか？」

料理人は首を横に振って、少し笑った。

「いえ。知らない店です。でも、いまの話を聞いて、ちょっと、帝都に帰りたくなりました」

「へぇえ？　アンタ、さらっとした顔してんのに、美人には目がないタイプ？」

「ま、そんなトコです。——はい、パスタお待ち」

「おお、これこれ！　——そういや、『マリウス』で出た料理と、なんか味付けが似てンだよな。気のせいか？」

「さあ、どうでしょう」

料理人は笑って、また別の料理を作り始めた。

そして、だれにも聞こえないように、

「さすがに名前をそのまま付けられると、恥ずかしいよなあ」

小声でぼやいた。

出国の日は近い。次の国を回るのは、帝国から共和国を回ったときよりも時間がかかるだろう。帰るのはいつになることか。料理人は赤毛の少女を思って、微笑んだ。

——長髪か。見てみたいなあ。

料理人は手を止めず、微笑みながら、決意した。次に行く島国をひとまず最後の旅路にして、それが終わったら帝都に帰ろう。その日が、今から楽しみで仕方がなかった。少女はもう、少女とは呼べない年齢になっているし、料理人自身も、相応に年を取った。

変化はだれにだって訪れる。年月は等しく降りかかる。

それを受け入れて、先へ行く。

一歩前にいる自分へ追いつくために。一歩後ろにいる自分を置き去りにして。

帰ったらなんと言おうか。気が早いけれど、と料理人は少し考えて、ひとつの言葉を思いついた。

やはり、帰還のあいさつは、ひとつしかないだろう。

「——ただいま」

「——おかえりなさいっ!」

それは、もう少しあとのお話。

Cafe Calim

Menu

★肉と野菜のハンバーガー★

★豆のスープ(日替わり)★

⇒パンのセット

★本日のオススメ★
(店員、マスターまでお問い合わせください)

★紅茶★

★エール★

★水★

★季節のジュース★
（店員、マスターまでお問い合わせくださ い）

罠火　擽（わなび・りゃく）

1994年、奈良県生まれ。2012年ごろから「小説家になろう」を中心に創作活動を開始。本作でデビュー。

レジェンドノベルス
LEGEND NOVELS

異世界《いせかい》ダイナー　1　侵略《しんりゃく》のセントラルキッチン

2020年2月5日　第1刷発行

［著者］　罠火《わなび》 擽《りゃく》
［装画］　シソ
［装幀］　ムシカゴグラフィクス

［発行者］　渡瀬昌彦
［発行所］　株式会社講談社
〒112-8001 東京都文京区音羽2-12-21
電話　［出版］03-5395-3433
［販売］03-5395-5817
［業務］03-5395-3615

［本文データ制作］　講談社デジタル製作
［印刷所］　凸版印刷株式会社
［製本所］　株式会社若林製本工場

N.D.C.913 281p 20cm ISBN 978-4-06-518799-9

レジェンドノベルス
LEGEND
NOVELS